만국의 노동자여

이 도서의 국립중앙도서관 출판시도서목록(CIP)은 e-CIP홈페이지(http://www.nl.go.kr/ecip)와
국가자료공동목록시스템(http://www.nl.go.kr/kolisnet)에서 이용하실 수 있습니다.
(CIP제어번호:CIP2014019960)

백무산 시집

만국의 노동자여

실천문학사

차례

제2부 해방 공단 가는 길

제3부 어머니 말씀

제4부 온산 공해 단지에서

개정판 시인의 말

26년 만에 펼쳐본다. 시집 한 권도 내 손에 남아 있지 않았다. 그동안 몇 번 복간을 권해왔으나, 그때마다 구차한 연민을 버리는 쪽을 택했다. 그 시대에 그렇게 살다 갔으면 그것으로 되었다 생각했다.

87년, 그해는 거의 거리에서 보냈다. 초겨울이 되어서야 모서리가 헐고 크기와 재질이 제각각인 종이 뭉치를 챙겨 들고 닷새 짬을 내어 신불산 기슭 화전민이 살던 빈집에 들었다. 뒤는 깎아지른 바위 절벽이었고, 마당은 곧장 들판으로 이어 넓게 펼쳐져 있었다. 아침에 쌀을 씻으러 마당 샘터에 나가면, 하얗게 서리 내린 들판에 까마귀 떼가 하늘을 덮으며 날아들었다가 해가 뜨기 시작하면 어디론가 흔적도 없이 사라졌다. 그 풍경이 나의 모든 것을 빨아들였다. 내가 무슨 짓을 하든 존재의 바닥에 깔린 폐허 같은 빈 들을 걷어낼 수 없다는 것을 알게 했다.

한 번도 배워본 적 없던 시들이 언어를 얻지 못하고 몸에 갇혀 오래 들끓고 있었지만, 토해낼 수도 없고, 옆구리를 뚫고 나올 수도 없었다. 어느 누구의 손에 이끌려 나올 수도 없었다. 마치 망치로 깨고 나온 듯 하나같이 모가 나 있고 파편들도 어지럽다. 출간 후 처음 펼쳐 들고 난감했다. 손을 대고 싶은 마음을 많이 억눌렀지만, 어쩔 수 없는 것들도 있었다.

시가 처음 세상 밖으로 나올 때 이영진 시인의 따듯하고 두툼한 손길이 있었다. 박영근 시인의 무조건적인 격려와 재기 발랄하던 김형수 시인의 투명한 열정도 뒤를 떠밀었다. 내키지 않는 마음을 부추겨 복간을 재촉한 이는 정우영 시인이다. 그에게 조언을 구해서 틀린 답을 얻은 적이 없다. 하지만 남은 일은 다시 망각 속으로 들어가는 일이다.

세월호 침몰하던 해 초여름

백무산

일러두기

1. 이 시집은 『만국의 노동자여』(청사, 1988)의 개정판입니다.
2. 일부 작품은 작가에 의해 수정되었습니다.
3. 이 시집은 국립국어연구원의 '한글 맞춤법'과 '외래어 표기법'을 따르는 것을 원칙으로 하되, 띄어쓰기의 경우 본사 내부 규정에 따랐습니다. 작품의 분위기에 영향을 준다고 판단되는 방언이나 외래어, 구어체 표현은 그대로 두었습니다.

제 1 부

노동의 밥

노동의 밥

피가 도는 밥을 먹으리라
펄펄 살아 튀는 밥을 먹으리라
먹은 대로 깨끗이 목숨 위해 쓰이고
먹은 대로 깨끗이 힘이 되는 밥
쓰일 대로 쓰인 힘은 다시 밥이 되리라
살아 있는 노동의 밥이

목숨보다 앞선 밥은 먹지 않으리
펄펄 살아 오지 않는 밥도 먹지 않으리
생명이 없는 밥은 개나 주어라
밥을 분명히 보지 못하면
목숨도 분명히 보지 못한다

살아 있는 밥을 먹으리라
목숨이 분명하면 밥도 분명하리라
밥이 분명하면 목숨도 분명하리라
피가 도는 밥을 먹으리라

살아 있는 노동의 밥을

장작불

우리는 장작불 같은 거야
먼저 불이 붙은 토막은 불씨가 되고
빨리 붙은 장작은 밑불이 되고
늦게 붙는 놈은 마른 놈 곁에
젖은 놈은 나중에 던져져
활활 타는 장작불 같은 거야

몸을 맞대어야 세게 타오르지
마른 놈은 단단한 놈을 도와야 해
단단한 놈일수록 늦게 붙으나
옮겨붙기만 하면 불의 중심이 되어
탈 거야 그때는 젖은 놈도 타기 시작하지

우리는 장작불 같은 거야
몇 개 장작만으로는 불꽃을 만들지 못해

장작은 장작끼리 여러 몸 맞대지 않으면

절대 불꽃을 피우지 못해
여러 놈이 엉겨 붙지 않으면
쓸모없는 그을음만 날 뿐이야
죽어서도 잿더미만 클 뿐이야
우리는 장작불 같은 거야

노동의 추억

군대 삼 년을 마치면
십 년은 군대 시절 얘기를 한다
몇 달 외국 여행이라도 다녀왔다면
허구한 날 입만 열었다 하면 그놈의 얘기다
생각해보라 그런데
우리에게 노동의 추억이 있는가
십 년 아니 삼십 년 노동을 해도
누가 그것을 그리운 추억이라 하는가
밥과 희망이며 목숨의 진한 흔적들이
어째서 아련히 돌아 보이는 추억의 누더기도 못 되는가
어째서 그 시절 비굴한 치부가 되고
어째서 그 세월 묻어버리고 싶은 아픔이 되고
치욕이 되고 상처가 되고 후회만 남는가
추잡한 싸움의 기억만 되살려지고
비굴한 패배의 아픔만 만져지고
잃어버린 젊음의 울분만 남는가

성숙 뒤에 되새겨지는 것이 추억이라면
우리 생명은 분명 노동이 갉아먹고 있었다
우리의 빼앗긴 노동을 위해
우리는 골백번 뉘우쳐야 한다
그러나 이제 보아라
우리에게도 이런 추억이 남으리라
더없이 값진 추억이 남으리라

아무것도 팔려가지 않는 노동
성숙한 인간을 만들어가는 노동
죽어가는 것을 살리는 노동
죽은 노동을 쓸어내는 노동
꽃을 피우는 노동
이제 우리의 목소리를 들으리라
이제 우리의 몸에서 꽃이 피는 소리를 들으리라

노동의 근육

살 속에 말이 있다
살은 스스로 말을 한다
이성은 그 말을 막는다

노동의 근육 속에는 말이 있다
그것은 살과 살의 대화다
뼈와 살의 대화다
남의 살과 나의 살의 대화다

살에 입이 있다
스스로 세포를 증식하듯이
스스로 유전인자를 만들듯이
살은 스스로 음악을 만든다
살은 속삭이듯 말을 하지만 우리를 지배한다
이성은 독재자처럼 살을 지배하려 하지만
오래 억눌린 살의 말은
또 다른 피 흘림으로 대답한다

에밀레 종소리

용광로에서 일을 하고부터
에밀레 종소리를 듣는다
쇳물을 마주하고 다리가 후들거리며
독가스에 폐가 폐품이 되면서
우리가 만든 쇠들이 실려 가서
가는 곳마다 에밀레 종소리가 되어 돌아온다

쇠들은 실려 가서
또 많은 벗들의 피를 묻힌다
벗들의 살을 자르고 어디론가 실려 가서 우리를 속인다
윤전기가 되어 일당 4,000원을 비웃고
라디오가 되어 한 주에 80시간을 비웃고
TV가 되어 연중무휴를 비웃는다

근육을 태워 만든 쇠들은 또 실려 가서
저들의 자가용이 되고 훈장이 되고
고층 건물이 되고 비행기가 되고

총칼이 되어 우리 귓전에
에밀레 종소리가 되어 되돌아온다

공장 문을 나서면서 만나는 모든 쇠붙이에서
우리의 가난과 살이 섞인 쇠붙이에서
에밀레 종소리가 난다
악쓰며 울부짖는 에밀레 종소리가 난다

공사장에서 만난 고향 친구

공사장을 떠돌다 예까지 묻어 왔나
망치며 몽키를 내던지고
때 절은 면장갑으로 어깨를 덥석 껴안으며
여태껏 내 이름 잊지 않고
니 돌이 아이가 니 돌이 맞제
거듭 내 이름을 부르던
어릴 적 개고개 마을 깜부기 녀석
새 공책을 살 때쯤엔
지우개로 죄다 지워서 쓰고
어둔 길, 빡빡머리에도 김이 오른 새벽
신문배달길에서도 마주치더니
중학교를 못다 졸업하고
무슨 탈곡기 공장엘 갔다더니
공사장에서 이렇게 만날 줄이야
조용히 나를 지켜주던 고향 같은 녀석
벌써 덜덜 떠는 막걸리잔 잡은 손에
불거져 나온 핏줄을 바라보면

이렇게 아픈 그리움도 있는 것인가
고향에 언제 가봤더노
강가에도 가봤더나 강이 말라뿟제
이제는 고인 물마다 백태 낀 하늘만 그득하더라
우리 꿈들은 갈라 터진 지 오래더라
새삼 낡은 기억의 슬픔이 일었지만
마지막 우리가 팔아서 밥 바꿔야 할
그 팔뚝을 겨우 서른 나이에 벌써
덜덜 떨어쌓는데
살아온 얘기를 해서 무엇에 쓰겠는가

이제는 우리의 고향도 포기할 때
그 강의 꿈도 지워야 할 때인데
아직도 종달새 우는 들판이 그립다는 친구야
고향 뒷산 메아리가 언제 우리를 다시 부를까
그런 날 올까 이곳이 우리 고향 같은
땅이 되게 할 순 없을까

고향 같은 내 친구야
이제 우리의 고향을 잊어라
고향을 잊어다오

민들레

누군가 공장 안에
꺾어둔 민들레꽃
바람 불어 기계 속에
맞물려 돌았다

노란 꽃잎이 바수어지고
기계음에 가려서 꽃잎이
우는 소리 듣지 못해도
그로부터 모든 맞물린 곳에서
꽃잎이 바수어져 우는 소리 들린다

쥐꼬리 일당에 맞서는 노동조합
협박과 분열과 고소 고발 도리어
서슬 세우는 저들과 맞물려
착한 꽃잎들이 으깨어졌다

더러운 정치 정당들의 싸움

저들끼리 맞물려 쥐어뜯고
우리들 꽃잎이 바수어졌다
속내 뻔한 줄다리기 남북회담
철책 사이 기대에 부푼
꽃잎들이 짓이겨졌다

그러나 들판의 민들레꽃은 시들지도 않는다
다만 낙하산에 매달린 씨앗들이
으깨어진 꽃들의 자리를 찾아
게릴라처럼 눈송이처럼 내려앉는다

사랑 노래

밤안개 젖었구나
뿌연 가로등
사는 일이 고달파라
빈손으로 돌아가는 가슴 아픈 시간
공장의 불빛도 빛이 바래고

새벽에 집 나올 때
등에 와서 박히는
식구들의 밥 걱정 집세 걱정
공장에서 쫓겨난 후 여기저기
일자리 퇴짜 놓고 퇴짜 맞고
아흐레 일한 공사판에
밀린 노임 받으려다 책상만 엎어버리고
막걸리 몇 잔에 털리는 가슴
뭐라고 하나 식구들에게

세상은 비 오는 차창처럼

흔들리네 삶도 도시도 사랑도
울며 떠난 이들, 죽어서 떠난 이들
털리는 가슴도 나도 몰라라

골목길 슬레이트 지붕 어둔 모퉁이
두 남녀 봇짐 하나 껴안고 잠들어 있네
담장 아래 기대선 그림자 또 하나
어떻게 하나 슬픈 사랑들아
뭐라고 하나 털린 가슴으로
덕지덕지 누더기 이리저리 기운 노래
어둔 밤 긴 밤 숨죽여 흐느끼던 밤
오호라 털려라 털려라
이 시대 슬픈 사랑 노래여
바닥에서 굳센 노래 솟을 때까지
털려라 털려라 왕창 털려라

종이 집

여보게 자네 그림 하나는 잘 그렸더구나
청사진 구워 온 설계도를 보았네
적당하게 창문도 내고 베란다도 내고
신식 부엌에 양변기 보일러 온돌에
적당한 정원까지
블록 몇 장까지 시멘트 몇 포까지
모래자갈 몇 트럭 계산도 했더구나

자네 참 기대가 컸겠네 인부들이
모든 걸 설계대로 따르기만 한다면
멋진 집이 탄생하리라 기대가 컸겠네

그런데 어느 날 업자가 오고
웃통 벗은 인부들이 몰려와
자네가 애써 그린 청사진에
침이 고이도록 욕설과 악담을 해대더니
팽개치면서 이렇게 말했네

돌대가리 새끼들 종이 집이나 지었군
그러고 나서 그들은 설계도 없는 집을
멋지게 지어놓더군
놀란 내게 그들이 말하더군
세상엔 자네 같은 꾼들이 참 많다더군
배후 인물이 못 되어 안달하는 친구들
참 많다고 말일세

저녁기도

그때 우리는 회당의 낡은 천장만 쳐다보았지
우리의 하나님도 그렇게 낡아 있었다
일용할 양식이라는 구절에서 네 기도가 끊기고
눈물에 잠겨 꺽꺽 너는 울고
창밖 찌푸린 하늘에서 겨울비가 내리고
거리에는 징글거리며 캐럴이 울렸지
네 밥줄의 끊김을 통해
배고픈 모든 배들을 기억했을까
묶인 네 몸을 통하여
갇힌 모든 형제의 시린 살갗을 만질 수 있었을까
낡아빠진 우리의 하나님은 끝내
끝내 한마디 말이 없었지
톱밥 난로가 다 꺼질 때까지
너는 기도를 잇지 못하고
우리는 그저 끝없이 잠겨 흘렀지
되풀이된 절망에 또 한 번의 기원으로
내밀던 우리 손에 하나님 옷자락

움켜쥔 마디마다 끊어지기만 했을 뿐
마침내 우리의 믿음은 이단이었다
끊어진 낡은 옷자락을 잡고서도
식은 밥덩이 말아 먹고
지옥 같은 공장을 향해도
손목이 날아가고 목숨을 잃어도
여전히 말이 없던 낡아빠진 하나님
우리의 믿음은 사탄을 불러왔다
더 이상 낡은 옷자락이나 잡고 뒹굴지 않았다
몸이 곧 말씀이 되길 원했다
믿음이 아니라, 결단이 아니라
찢긴 우리들 몸뚱어리가 곧 말씀이 되길 원했다
우리는 사탄에 맹세했다
네 눈물의 기도는 꺼진 톱밥 난로에
불씨처럼 다시 타올랐다

그해 크리스마스

불빛 찬란한 첨탑의 종이 울렸다
거리마다 들뜬 노래가 퍼지더니
싸늘한 공장의 사이렌이 울렸다
시든 가로수의 행렬처럼 우리는
꾸역꾸역 공장 문을 나섰다

성경을 낀 뽀얀 무리들과 마주쳤으나
눈길도 주지 않고 교회로 향했다
까만 양들은 포장집을 찾거나
시장 뒷길 국숫집을 찾았다
싸락눈 내린 갈라 터진 길바닥 위를
까만 승용차를 탄 목자가
우리에게 흙탕을 튕기며 달렸고
까만 양들은 칼칼한 목젖을
씻어 내리는 소주잔처럼
노역의 쌍소리를 씹었다
골목길 어둠 속에서 추레한 사나이가

우리에게 눈길을 주었다

어느 겨울이던가 눈 덮인 교회당이 그려진
카드를 보내주던 그리운 숙이 생각이나
동짓달 다스운 아랫목에 듣던
설경대는 대숲 속 부엉이 울음조차
겨우내 싸락눈만 쌓인 항구의 바닥에 얼어붙었다
벌겋게 달아오른 목젖으로 노래를 부르고
빙판에 미끄러지며 쌍소리를 질렀고
찬송가가 울려 퍼지는 회당에서는
종말이 타락한 저들 곁에 있노라
대신 용서를 빌어주었다
아기 예수를 위해 금화와 보석을 요구했고
북녘땅을 당신의 채찍으로 심판하기를 기도했다
추레한 그 남자는 벽을 짚고
고개를 숙이고 있었다

여인숙 골목길에는 속곳 바람의 여인이
바지도 미처 끌어올리지 못한 남자의
가랑이를 잡고 나뒹굴며 악다구니를 썼고
빨간 등불의 진열장 여자들이 모두 팔렸다
까만 양들은 끝내 막걸리와 국수 가락을
회당 담벼락에 토해내었고
그 위에 오줌을 갈겼다
골목길에 기대선 추레한 사나이의 눈에서 눈물이 반짝였다
밝은 회당의 뽀얀 양들에게도
어둔 빙판에 넘어진 까만 양들에게도
아무 말이 없었다
십자가도 없던 그해 크리스마스
추레한 남자는 쓰러진 양들 곁에서 울고 있었다

지옥선 1

조선소

하나둘 야근조들이 작업복을 갈아입는 동안
우리는 쇠먼지 바닥에 자리를 폈다
조립 공장 사이에는 좋은 날씨에도 회오리바람이 휘감겨
죽은 인부들이 떠나지 못하고 떠도는 곳이라 했다
싸늘하게 식은 철판들이 괴성을 지르다가
굳어 화석처럼 버티고 선 자리에
우리는 거적을 깔고 풀어진 몸을 말았다
태고처럼 고요한 쇳덩이의 깊은 밤에 빨려들었다
나가봤자 별수 없는 공장 밖 불빛에 속지 않고
야식을 타 먹고 한 시간이라도 더 잠을 벌었다
공장의 깊은 밤은 그래도 평화롭다
간간이 철야조들의 망치 소리만 개 짖는 소리처럼 고요하고
내려앉는 먼지를 눈송이처럼 바라보면서
착한 쇳덩이의 깊은 잠에 한없이 빨려들었다
순하디순한 쇳덩이들
아침이면 칼이 되고 쇠몽둥이가 되어

우리를 짓이기고 가난의 무게로 등짐에 지워져
배고픔 때문에 우리는 못난 꿈을 꾸고
그 희망 때문에 벙어리를 감수하며
돌보지 않은 우리 몸은 갉아먹혔다
이곳이 아라비아 땅인지 모르는 이들
또 아라비아사막으로 떠나고
신기루 같은 월급봉투에 입 닫고 눈 가리고 멱살 잡히고
파도 소리에 잠이 깨어
방파제를 깨어 부수는 파도 소리에 흔들리며
칼이 될 쇠몽둥이가 될 싸늘한 쇳덩이를 베고 눕는다

지옥선 2

조선소

잠시 손을 놓으면 들린다
시멘트 바닥 아래 철썩이는 파도 소리
오색 깃발 매달고
파도의 몸짓으로 덩실대던 어부들
만선의 고깃배 들어오는 소리 꽹과리 소리
귀를 찢는 쇳덩이 떨어지는 소리
개새끼 비키란 말야 뭘 꾸물대고 있어!

아름답던 미포만 해풍에 끼룩대던 갈매기
엉덩이 까놓고 은빛 모래사장 뒹굴던 아이들
햇살에 소금편 반짝이며
치마폭 눈물 감추고 큰애기들 떠났을까
파도 소리 여전히 쟁쟁쟁 울릴까
호루라기 소리 어디로 가는 거야
씹새끼 죽고 싶어 떨어져 죽고 싶어!

어디로 가는 것인가

살자고 하는 짓인데
아름답던 작은 어촌 쇠말뚝을 박고
우리가 쌓은 것이 되레 우리를 짓이기고
가야 할 곳마다 철책을 둘러치고
비켜 비키란 말야!
죽는 꼴들 첨 봐! 일들 하러 가지 못해!

앰뷸런스 달려가고
뒤따라 걸레 조각에 감은
펄쩍펄쩍 뛰는 팔 한 짝 주워 들고
사이렌 소리 따라 뛰어가고 그래도
아직도 파도는 시멘트 바닥 아래서 숨죽여 울고

지옥선 3

조선소

슬레이트 지붕은 아침까지도 뜨거웠다
작열하는 여름은 작은 핏줄들을 부풀려 터뜨리고
물가에 핀 풀포기로 노래할 생명도 없이
태양 아래 지워지는 촛불의 흔들림
흔들리며 쓰러지며 다시 일어나
살과 심장이 뒤틀어질 듯
흩어진 쇳덩이의 밥에 우리는 매달려
발버둥을 쳐도 여전히 타기만 하던 날
마지막 하늘이 또 한 노동자의 머리 위에 쏟아지고
더러운 공장 바닥에 쇳가루 뒤집어쓴 채
가슴속 핏줄을 모두 터뜨리고
쇠들의 전장에 던져진 우리들이
살점을 한 주먹씩 몸서리치는 파도 위에
흩뿌릴 때까지도
빗방울 하나 없이 타기만 하던 그해 팔월
파리보다 못하게 여겨지던 우리 목숨이
일어서야 할 시간을 재고 있었다

지옥선 4

조선소

미국 선주 스미스
소주 잘 마신다 했더니
그 짓 하기 위해서지
어쩌다 젖통 큰 작부집에 데려가는 다음 날엔
보지도 않고 검사 합격이라지
다투어 모시어 그 짓 시킨다지
물론입네 오브코스 상전으로 받듭네
돈 없어도 땅 작아도 사람 많아 임금 싸
쪽수로 채워 오브코스 오브코스

미국 선주 스미스
한국말 잘한다 했더니
그 짓 하기 위해서지
선주 사무실 묵은 된장 계집아이
물론 오브코스로 데리고 산다지
오뎅이나 씹던 계집애 쪼코렛만 먹는다지
다링 팔짱 끼고 내 앞을 지나쳤지

언젠가 내게 봄바람을 안긴 여자
두엄 냄새 박꽃 고향이 지겨워

미국 선주 스미스
인심 좋다 칭찬을 했더니
천만에요 촌만해요 좆만해요
돌아갈 땐 이 계약 저 규칙 핑계 잘도 긁어 가는
촌만하게 보는 땅, 좆만하게 보는 땅
입에 풀칠할 몸값이나 던지고 가도
오브코스 물론 오브코스
물론입네 기다립네 손을 흔듭네

지옥선 5

조선소

남은 햇살 잘라먹고 비 뿌리던 저녁답
시든 몇 포기 잡초만 공장 담벼락에 웅크리고
뒷산 들국화는 산마을에서 불어오는 바람에
마른 씨앗 실려 쇳덩이 위에 앉고
기계 소리에 시든 가지들은 가을바람에 고개를 숙인다
부속 병원 정원에 갈꽃도 지고
떨어져 죽은 인부들의 빛바랜 초상화가 빗속에 흐느꼈다
간밤에 나와 함께 짜장면을 나눠 먹었는데
짜장면처럼 까맣게 타서 거적에 덮여 실려 갔다
밤 기차로 달려온 어린 누이
밤새 숨 막힌 울음에 물결처럼 흔들리다
빗속 강물이 되어 있었지
처마 밑 짜장면 그릇에 빗물 넘치는 새벽
살아남은 사람들의 망치 소리가
싸늘한 새벽 공기를 가르고
돌아오지 않는 배를 끊임없이 만들지만
우리가 이제 찾아 나서리라

밤새 흘린 눈물을 태우고

떨리는 분노는 이제 길을 찾아 나서리라

지옥선 6

조선소

여보게 일어나게
겨울비에 젖은 옷 어서 털고 일어나게
녹은 빙판처럼 우리를 쓰러뜨리는 것
겨울이 아닐세 찬비가 아닐세
이 꼴로 밥 먹은 게 한두 해 아니건만
앞날 없는 배 속에 비린 것이 끓어쌓는데
더러는 공장 바닥에 엎어지기도 할 걸세
흩어진 것 주워 담으세 기름때 절은 옷이나마 어서 털게나
터질 듯한 언 손 바람 탓만은 아닐 걸세
언 땅이나마 엎디면 들리지 않던가
하늘이 무너져도 우리의 강은 쉼 없이 흘러야 하네
우리의 망치질로 손을 녹이세
불꽃이 아닌 것 모두 벗어 두드리세
우리가 그곳에서 피어날 것이네
김이 솟는 팔뚝에서 피어날 것이네
멈출 수 없는 저 강을 믿어야 하네
쓰러져 자신을 버린 자는 더러움에 오염되네

힘이 우리를 굴복시켜도

내가 나를 굴복시키지 말게

그건 압제자의 편에 서는 길이네

메말라 물이 없어도 우리는 저 강을 믿어야 하네

지옥선 7

조선소

어지럽다 쓰린 배 속 지상 백 미터
밧줄 하나에 건 목숨들
해가 바뀌고 동짓달이 오기 전까지
족히 쉰 명은 넘게 이곳에서 죽었다지만
아무도 정확한 숫자를 모른다
아무도 모를 우리 목숨들이 또 걸렸다

죽음은 싫다
그 많은 원혼들이 침묵하는 나라
회오리도 없는 적막한 나라는 싫다
꽉 잡아라 어지럽다 비린 속에 비린 힘까지
우린 살아야 한다
살아서 목숨값을 하여야 한다
허기진 우리를 까마득한 철골까지
오르게 한 저들 앞에 내려가서
목숨값을 단단히 하여야 한다
죽음은 싫다

떼돈도 아니고 영광도 아니고
밥줄에 목이 걸린 삶
시퍼런 하늘에 매달려
뜻도 없는 고독도 싫다

보아라
우리가 얼마나 높이 있는가
지금은 살아서 내려가자 내려가서
깃발이 되어 다시 오르자
지금은 깃발 대신 사람이 매달려
잡놈들아, 공중에서 펄럭이는 사람을 보아라

지옥선 8

조선소

어찌할꼬 떠나지 못하는
영정들이 놀아나오 부정들이 놀아나오
해풍에 새벽 먼지바람 토담벽 기대섰는
젊은 아낙 울음소리 넋바람 함께 흘러
아아아—에에—헤어
긴 머리채 풀어헤쳐 남편 가신 그곳까지
따라 흘러 찢겨 피 흘리고
철판을 가르는 굉음 휘몰며
마디마디 휘감으며
못 가겠네 못 가겠네
젊은 아내 찬 방에 두고 한스러워 못 가겠네
네놈들 배불리려 목숨까지 바쳤는가
천하로 버러지영정 지하로 객귀부정
소지처럼 태운 육신 이곳이 검수지옥인들
못 가겠네 억만 사천 바람 일고
울었음 울었지 아 이대로는 아니 가겠네
흐흐흐 휘휘 흐흐

배 속 거품 죄어가며 드나든 문턱
이 문턱이 웬 말인가 살아보자 드나들던
이 문턱이 죽음의 문턱인 줄 내 몰랐네
돈버러지영정들 날강도부정 극락 가는 길이라면
아니 가겠네 버러지 객귀부정님네들
함께 떠돌겠네
이대로는 아니 가겠네

지옥선 9

조선소

영주가 오신다
머리칼 단정히 하고 새 옷을 입히고
쌍두마차 오시는 길 안방처럼 쓸고 닦아라
시든 가지 병든 가지에 오색 풍선 들려 세워
뿌리 없는 분꽃 송이 연변에 꽂아두고
팡파르 울려라 찬가를 불러라
코 큰 귀빈 앞세운 마차 위에
뽀얀 손 흔들며 위협적인 미소
요정마다 합성수지 계집들 불러 대기시킨
대리석 궁전까지 퍼레이드를 벌인다
거수경례나 부동자세를 강요당하는 시든 육신들
미끄러지는 마차의 바퀴 아래 깔린다
폐를 걸레처럼 만드는 도장 공장을 돌아서
보상조차 되지 않는 핏자국 위를 달린다
노동자의 육신을 헐값에 처분한 위대한 조국에
식민의 다국적 버섯이 흐드러졌다

계집들의 교태 속에 밤이 이슥토록 저들의 만찬은
끗발 잡은 노름꾼의 흥정이다
노동자의 피땀을 훔친 물건
장물의 흥정이다

제 2 부

해방 공단 가는 길

봄

가시내야, 언젠가
한줄기 살랑 소식을 전하더니
나풀대는 붉은 댕기에 햇살을 흩으며
치맛자락 살짝 걷고 사푼한 코고무신
마른 풀잎을 딛고 산길 밟고 오더니

살구나무 두엄 더미를 돌아
실개천 징검다리 송사리 떼에게도 작별을 하고
어매 무덤가 애기메 꽃잎 위에 눈물 떨구고 떠나더니

가시내야, 어느새
손바닥에 굳은살 박이고
누렇게 뜬 얼굴로 공단 거리 헤매더니
부은 젖가슴 안고 쫓겨 가더니

굴다리 허름한 동네 어둠의 어디선가
붉은 입술 바르고서 술에 취해 울먹이더니

고향 집 뒤란의 댓잎 소리 다 잊고
헤픈 웃음에 몸을 팔고
머리채 끌려 철창에도 가더니

가시내야, 이제사
발길질당한 네 젖가슴으로
말을 해라 이년아 어느 씨를 받았느냐
어디서 그 붉은 핏덩이 하나 배어 왔느냐

취업 정보지를 보며

낙서 금지를 위해 타일을 박은
정류장 화장실을 들락거리면서
못난 기대감에 노동부 발행
취업 정보지를 빼 들고 다니는 버릇이 생겼는데
이것은 화장실 낙서보다 노골적인 음화다
지구를 세워다오 나는 내리고 싶다는 화장실 낙서나
대충 훑어보아도 근로시간 10시간,
40세까지, 월 15만 원이 평균치인
이 정보지는 노동부의 낯짝이다
화장실 벽이 똥 싸는 자의 벽보판이라면
곪은 기업가의 버젓한 포르노는 노동부 제공이다
숱한 섹스 장면이 그려진 벽에 애인 구함이라는 낙서나
시급 450원에 일할 사람을 구한다는 것은 차라리
형이상학적이다

화장실 벽은 똥 싸는 자와 간통 장면을 교환한다
아침에 먹은 라면이 설사가 되어 나온다

정보지를 구겨 밑을 닦고 보니

똥 묻은 그 종이에 저들의 간통 장면이 그려져 있다

김포국제공항

이놈의 집 앞에는 국밥집도 없구나
따끈한 순댓국이며 짜릿한 소줏집도 없구나
뉴욕으로 가고 함부르크로 가고
파리의 패션으로 이별을 하고
런던의 모션으로 트랩을 밟고
단도와 쇠스랑으로 고기를 뜯는다는데
친구야 천 원이면 족할
순댓국 한 그릇 먹여 널 보내고 싶구나
결혼식 때 입은 양복을 꺼내 입고
잘살아서 떠나는 틈에 못 살아서
떠나는 네 모습이 눈물겹구나
이 겨울철에 해수욕 떠나는 놈들도 있다는데
이 나라 공부가 덜 된 놈일수록 호화 유학을 떠난다는데
열사의 아라비아로 몸 팔러 가는구나
거친 손 검은 얼굴 굽은 어깨
친구야 와이셔츠 단추가 잘못 끼워졌구나
대합실 창밖에 부동자세로 너희를 세워두고

호루라기 맞춰 앉아번호 열네 번째 너를 보고
양담배를 피워 문 귀부인이
대합실에서 비스듬히 웃고 있구나
그러나 친구야, 혼잣말처럼이라도 욕을 뱉어라
우리는 늘 욕을 하면 용기가 생기지 않더냐
따가운 시선들 보려면 보라지
어깨를 펴고 당당히 떠나거라
이 눈치 저 눈치 다 보다 망한 나라 아니더냐
다시는 이놈의 집 앞에는 얼씬도 않고 싶지만
우리를 위해, 떳떳이 먹을
국밥집이라도 내고 싶구나

친구와 새벽별

방어진

질척이는 빗속을 걸어 네게 왔다
소주 한 병 풋과일 몇 개
저만큼 네가 다가서기를 기다리며
주저앉아 술을 따른다
일렁이는 검은 바다가 보이는 산
너를 만나러 왔다

언제나 기름때에 얼룩진 얼굴
검은 쇳가루에 가슴팍 쪼들려도
만나면 새 세상 얘기를 먼저 알고
검은 손에 시퍼런 핏발 세우던 네가
솔바람 다 자도록 오지 않는구나

어디 있느냐
어느 솔잎 끝에 매달려 마른번개 소리 듣느냐
파도의 깊은 골짜기에서 해일 소리 듣느냐
너를 위해 향불 켠 밥상머리 네 집에도

뼛가루 뿌려진 이곳에도 너는 없구나
어쩌면 네가 피 토하고 쓰러진 공장에서
아직도 핏자국을 닦으며 울고 있느냐

새벽별이 벌써 저렇게 밝아오는데
내 그림자가 내 손에 잡히면서
너는 처음부터 여기에 있었는지 모른다
너는 나와 마주 앉지 않고
네게 따른 술을 마시지 않고
내 잔을 마셨구나
너는 내 그림자가 되었구나
네가 오지 마라 내가 가마

戰死

속았능기라
……
처음부터 우리는 속았능기라
좋다더라 돈 잘 번다더라
우리나라에서 젤 큰 공장이라더라
아파트도 거저 주고 보너스 많다더라
당신과 맞선 볼 때 마을 사람들 한입으로 부추겼지
당신 따라 노고재 넘어올 때 한껏 내 가슴 부풀었지
그러나 당신이 날 속인 건 아니지
누에 집 같은 방 하나 7평 아파트
공장 다니는 것이 아니라 집에 다니는 당신
그래도 무슨 보람이니 역사적이니 오대양 육대주니
희망 섞인 말만 주워듣고 오면서
몇 푼의 봉급을 자위하던 당신도 나도 속았능기라

신문에도 텔레비전에도 장엄한 행진곡 깔고
떠들고 시찰단 관광단 견학단 흰 손

흔들며 재일 동포 자수 간첩 먼 나라 대통령
쪽발이 코쟁이 장차관 대동하고
오색 풍선 색종이 비둘기를 날리고
신성일 문오장 연속극 만들고 영화 만들고
민족중흥이 어쩌니 세계가 어쩌니
그러면서 당신의 혼을 뺄 줄
어쩌면 그리도 몰랐는가

꼭 맞는 말이지 산업 전사
영광되게 싸우다 죽으라 말이지
자본가를 위해 권력자를 위해
양코뱅이를 위해 죽으라 말이지
저들의 빌딩과 호화 주택과 사치와 탐욕과
팬텀기와 미사일과 항공모함을 위해
가난을 지키며 평생 질병과 싸우다
죽도록 일하다 죽으라 그 말이지

속았다는 걸 당신이 알았을 땐 이미 늦었지
머리띠를 두르고 싸웠지만 이미 늦었지
무자비한 군홧발에 돌멩이를 던지고 나섰지만
이미 늦었지 쇠곤봉에 묵사발이 되어 오기 전에도
잠자리에서 흥건히 식은땀 뿌렸지
언제 쫓겨날지 모르는 불안이 겹치고
이미 녹아내리던 몸 위에 무쇠덩이가 덮쳤다지

아무렇게나 거적에 싸여 돌아온 당신
결국 저들의 부를 위해 욕되고 욕된
전사를 한 당신 시신 앞에
자선이나 하듯 몇 푼 돈을 던지고 가다니요
당신은 죽어서도 속았지만
당신 자식과 나까지도 속일 순 없지만
기껏 당신을 공장 문 앞에 옮겨 누이고
이렇게 부둥켜안고 울고 있는 것이오
여름 햇살에 푹푹 썩는 당신과 함께

우리가 당한 속임수와 비참함도 함께 썩힐 것이오
숙명처럼 매달린 노예의 사슬도 썩힐 것이오
꽃도 무덤도 없이 떠나는 당신 위에
팔월의 태양은 저렇듯 당당하지만
우리는 저 하늘에서 진눈깨비를 내리게 할 것이오 가엾은 당신

취락 구조 정비 전투

경계경보는 한 번도 울리지 않았지만
나날이 경고 삐라가 날아들었다

아시바로 기둥을 세우고
공사장 패널로 벽을 친
못난 사람들 십여 년 웅크리고 살은
이곳은 삶의 마지막 진지

백기를 들고 저들 으리으리한 본부로
찾아갔지만 눈물로 동정을 구했지만
병든 애들만이라도 살려달라 애원도 하였지만
먼저 공격한 적 없는 인디언들을
악의 세력으로 소탕하듯이
저들끼리 만든 법으로 죄인을 만들고
겨우 몸 누일 땅마저 뺏자고 전쟁을 선언하고

마지막 삐라가 날아들고

공습경보도 없이 산동네 마지막 진지를
뽀얗게 먼지 피워 올리며
세 방면에서 기습 진격이 시작되었다
제1진 포클레인이 대열 지어 앞서고
제2진 포졸과 구청 사냥개들이 몽둥이를 들고
제3진 철거 관군 500명이 따르고
에워싸고 겹싸고 둘러싸고 체포하고
짓뭉개고 때려 부수고 초토화한 다음
백기를 태우고 뽀얀 먼지로
함락의 봉화를 올리고
한나절 만에 작전 성공 무전을 보낸다.
아·무·런·불·상·사·도·없·었·음
잔·류·적·군·이·구·청·사·령·부·를·공·격·하·러·갔·다·
경·계·철·저·히·하·라·7·8·4·8

경찰은 공장 앞에서 데모를 하였다

노동자들은 공장을 지켰다
기계에 녹이 슬까 봐 기름을 쳐두고
누가 망가뜨릴까 봐 경비를 서며
빼앗긴 것을 돌려받기 위해 공장을 지켰다
파업은 그들에게 쿠데타만큼 무서운 적이다

노동자들은 다만 공장을 지켰다
무기도 없이 평화롭게 공장을 지켰다
노동자의 평화 선언은 그들에게
계엄령 선포만큼 공포스러운 조치다

노동자가 자유를 얻기 전에 소탕해야 한다
노동자가 자유를 얻는 것은
파시스트가 권력을 장악하는 것과 같다

처음엔 애원했다
그다음엔 호소했고

그다음엔 탄원했고
그다음엔 노래를 불렀지만
그들은 선포했다
노동의 평화는 파시스트의 준동이다

경찰은 데모를 하였다
그들은 졸개들을 투입했다
그들은 방독면을 쓰고 살상 무기를 들고
주인 앞에 몰려와서 데모를 하였다
최루탄을 쏘고 군홧발로 짓이기며
과격 시위를 하였다
쇠몽둥이를 들고 곤봉을 휘두르며
극렬 시위를 하였다
공장 앞에 몰려와
극렬하게 데모를 하였다

노동자들은 진압에 나섰다

저들의 살상 무기를 막자고
지게차가 나섰다 포클레인이 나섰다
깃발을 들고 함성으로 나섰다
주인인 노동자들은 피 흘리며 진압에 나섰다

파업

이길 수 있을까
의혹에 찬 핏발 선 눈빛들
천막을 붙들고 지새운 밤들
매섭게 부는 비바람 몸 가누며
꺼져라 어용 노조! 공장장 물러가라!

이길 수 있을까
사장이란 놈은 또 사우나 갔는지
기계 세운 공장에 기름 한 번 더 쳐두고 코빼기도 안 뵈는 사장 기다리며
생라면 깨물며 견딘 이레
사장은 협상에 응하라!

이길 수 있을까 파업만으로
또다시 태풍이 몰려온다는데
까맣게 탄 얼굴들 위에
비웃는 얼굴들 겹치는데, 나서라

네놈들의 평화를 부수어주리라

선두에 지게차가 나서라!

포클레인이 나서라!

비

철문을 긁으며
바람이 울더니
소나기가 뿌렸다

함성들은 부서지고
머리띠 검은 먹물이
얼굴에 번진다
목젖을 붉히던 삿대질도
빗줄기가 방향을 꺾었다

흩어질 것이냐 말 것이냐

젖가슴에 달라붙은
옷을 부풀리며 이녁들은
자꾸만 고개가 숙여진다

비는 와 이래 오노

어디로 떠날꼬
사는 것이 고달프다

흩어질 것이냐 말 것이냐

답답어라 답답어라
철문을 부숴라!

공구와 무기 1

지게차

시골 영감 지게는
몸의 일부란다
장에 갈 때도 빈 지게를 지고 간다
마실을 갈 때도 빈 지게를 지고 간다
지게를 벗으면 허전하다 한다
장에 가서 소 판 돈 지게에 매달아 오고
할망구 구리무도 지게에 얹어 온다
돌아오는 길 소똥 말똥 주워 얹어 오는
지게는 요즘 말로 핸드백 구실도 하지만
위급할 땐 지게막대기는 늑대와도 맞선다
아전배들 후려 패어 내쫓던 것도 지게막대기다
요즘 지게는 지게차로 한몫한다
시위대 선두에 서서 위풍도 당당하다
이놈의 배지기는 당할 자가 없다
경찰차를 뒤집기로 해치우고
가스차 허리를 꽂아 꼬나박기로 해치운다
곤봉 든 놈들 얼씬도 못하게 한다

예나 지금이나 일과 싸움은 하나
공구와 무기도 하나다

공구와 무기 2

망치

두드려라 그러면 열릴 것이다
천만의 말씀이다
두드려서 열어줄 양심 가진 놈
지금 세상에는 없는 거라
두드려서 제 손으로 열어줄 놈은
이미 훔친 것 다 챙겨 빼돌린 뒤거나
칼 들고 나서려는 놈일 게다

두드려라 그러면 부서질 것이다

공구와 무기 3
몽키

나사만큼 정확한 것은 없다
정확한 만큼 분명한 것도 없다
우선 나사 대가리를 꽉 물어야 한다
수십 년 잠겨 녹슬 대로 녹이 슨 나사일수록
잘못 돌렸다간 영영 풀지 못한다
좌로 돌려야 풀릴 놈을 우로 돌려
망치는 놈들도 있다

좌우 두 방향밖에 없다
나사만큼 분명한 것은 없지만
노동의 근육과
사상의 몽키가 없어서는 될 일이 아니다

공구와 무기 4
톱

성경에 독사 같은 지혜라는 말이 있지만
톱 같은 지혜가 맞는 말이다
지혜는 교활한 것이 아니라
정직한 것이다
그리고 운동이 수반되어야 한다

아름드리나무는 톱 같은 지혜로
무수한 이빨들이 모여 한꺼번에
물어뜯어야 베어진다

톱 같은 지혜란 말은
무기를 의미한다
적어도 우리에게는

전진하는 노동 전사

울산, 7~8월 노동 투쟁에 부쳐

1

작열하는 폭염을 다스리는
태풍이 남쪽을 강타하던 날
태평양을 긁으며 회오리가
미친 듯이 해안을 때리던 날
미친년 머리칼 같은 빗줄기를 몰고
이 땅을 치때리던 날

풍랑을 헤치고 함성들이 타올랐다, 솟았다
찢어질 듯 무수한 깃발들 나부꼈다 펄럭였다
풍랑도 없이 폭풍도 없이 무슨 함성이 무슨 깃발이
솟으랴 타오르랴 나부끼랴

그것은 자유 그것은 평등
그것은 노동 해방 투쟁의 불꽃
그 불꽃 번져 피어나는 함성과 깃발

2

그날 우리의 가슴에서 잠긴 빗장을 부수었다
오래오래 잠겨 썩어 삭아버린 빗장을 부수었다
고압선 이글거리는 어둔 공단 거리마다
동해의 풋풋한 가슴들이 나부꼈다
그렇다 너희가 비웃던
병신 잡것들 쌍년 잡년들의 가슴,
찢긴 가슴팍 허연 젖가슴
네놈들이 치고받으며 찢어
발겨버린 그 가슴 피맺힌 가슴을
쏟아 분노가 되어 거대한 파도가 되어
치닫는 바다가 물기둥을 쏘아 올렸다

그러한 우리는 누구인가
노동자를 노동자이게 한 것은
무엇인가 그것은 돈인가 족별인가

그것은 계급인가 역사인가
그러한 우리는 누구인가

3

저들이 저들의 도구의 이름을
우리에게 붙였다, 산업 전사
저들의 부를 위해 가난을 지키다
죽으라는 산업 전사
저들의 높은 성과 탐욕을 수호하기 위해
가난과 질병과 평생 싸우다
죽으라는 산업 전사
저들의 나라와 부와 권력을 지키다
영광되게 전사하라는 산업 전사

우리는 전사인가

쇳덩이에 허리가 잘려 픽픽 쓰러지는
우리는 전사인가
쇄석기에 말려들어 어머니, 어머니조차
부를 틈도 없이 곤죽이 되어
죽어가면서도 우리는 전사인가
피댓줄에 다리가 잘려
거리거리마다 나프탈렌이나
팔고 다니는 우리는 전사인가
우리는 배신당한 노예 전사인가

4

아니다 우리는 노동자다
노동자는 노동자다
노동자는 노동자를 위해 싸우는
노동 전사일 뿐이다

우리는 안다
너희는 조금씩 알지만
우리는 한꺼번에 안다
너희는 우리를 조금씩 갉아먹지만
우리는 한꺼번에 되찾을 것이다
그렇다 우리는 전사여야 한다
가난과 수모와 철창과 위선자를
쳐부수는 노동 전사여야 한다

5

폭염을 다스리는 태풍처럼
폭정의 역사를 다스리는 불꽃이 되어
가자 15만 동해 전사 하나 되어
가자 일천만 노동군단 전사가 되어
가슴마다 피 물결이 번지고

파도가 번지고 범람하는 해일이 번지며
넘치는 파도 분노의 바다가 되어
가자 벗들의 슬픔을 넘어 시신을 넘어
갖은 기만 거짓 선전 분열의 검은 손
음모의 올가미 꺾고 뭉쳐 하나 되어
가자 온몸이 함성이 되어버린 동지들
온몸이 깃발이 되어버린 동지들
그 깃발에 불붙여 흔드는 동지들
가자 수천 고지의 산맥도 단숨에 치달아
제국주의의 가슴에 비수가 되어
자본가의 양심에 탐욕에 죽창이 되어
가자 자유와 평등 노동 해방의 깃발을
앞세우고 전진하는 노동자
전진하는 전사 노동 전사가 되어

끝내 가리라 폭풍이여
풍랑이여 홍수여 소나기여

부수어보라 막아보라 뒤집어보라
우리는 간다
노동자는 간다

조작이여 기만이여 학살이여 은폐여
고문이여 철창이여
쿠데타여 쿠데타여
아무리 피를 흘려보아라
우리는 간다
죽어서도 노동자는 간다

만국의 노동자여

무슨 밥을 먹는가가 문제다
우리는 밥에 따라 나누어졌다
밥에 따라 양심도 나누어지고
윤리도 도덕도 나누어지고
민족이 나누어지고

그래서 밥이 의식을 만든다는 것은
뇌의 생체학적 현상이 아니라
사회적이고 인류적이고
그래서 밥은 계급적이고

밥의 나뉨은 또 식품문화적 구별도
영양학적 구별도 아니고
보편의 언어요 이념이요 과학이요 인식이다

노동자의 가슴에
노동자의 피가 흐르는 것은

밥이 다르기 때문이다

그래서 이 나라도
밥에 따라 다시 나누어야 한다
그래서 아메리카 아프리카 아시아도
종교가 아니라 국가가 아니라
밥에 따라 다시 나누어야 한다
그래서 동서의 분단 남북의 갈라섬도
밥에 따라 다시 분단시켜야 한다

피땀 어린 고귀한 생산자의 밥이냐
착취와 폭력 수탈자의 밥이냐

그대들은 무슨 밥을 먹는가
게으른 역사의 바퀴를 서둘러
움직일 수 있는 사람들 오직
지상의 모든 노동자들이여

형제들이여!

해방 공단 가는 길 1

가야지 가야 하고말고
진득한 눈물 훔치며
핏발 선 눈 굳어버린 얼굴들
입이 터지도록 웃는 얼굴들

가야지
이력서에 몇 줄 더 얹어
전셋돈이라도 모을 심산으로
기웃거리지 말아야지 아무도 모르게
그대들 곁을 떠나려 했던가
버릴 수 없는 것조차 버리고
고압선 이글거리는 공단 가는 길

오마고 한 날들 믿지 않으리
오마고 한 날은 우리가 한 말이 아니니
믿을 수 없지 믿지 않으리
손짓도 마라 부르지도 마라

정든 님 없어도 신명이 이는
얼굴들 시커먼 얼굴들 다시 만나러
가야지 한세상 미련 없이
해방이니 새날이니
가벼운 입으로 소리치지 말아라
적은 밖에만 있는 것이 아니라
안에도 우글거린다
그러나 가야 하리 전선으로 가야 하리
온몸에 불을 지른 벗들을 보아라
온몸이 아니거든 한세상 다하여
가야지 가야 하고말고
가파른 고개 넘어 해방 공단 가는 길

해방 공단 가는 길 2

일을 하자
게으른 놈의 푸념을 버리고
백 미터 철골 위의 현기증도 견디자
견뎌야 한다 아니 이겨야 한다
이제는 밥 때문이 아니다
누굴 위해서도 책임 때문도 아니다
노동은 전쟁이다 모든 노동은 이겨야 한다

옷은 누더기로 살아도
배는 악착같이 채우고
발은 맨발이라도
배는 갖은 수로 채우고
가진 놈들 뒤통수를 치더라도
밥은 굶지 말아야 한다
우리에게는 영혼이 아니라
꿈을 꾸는 몸이 필요하다
몸을 쉬지 말아야 한다

수도승처럼 차라리 무협지 무인들처럼
도를 닦듯이 지금의 더러운 노동을 이겨야 한다

언젠가 진정한 노동을 해야 할 때가 온다
불꽃 튀는 거대한 노동을 해야 할 때가 온다
지금은 어쩌면 아무것도 아니다
견디는 것이 아니라 이겨야 한다
악착같이 밥을 먹어야 한다
게으른 푸념은 그만두자
허약한 몸짓도 그만두자
우리에겐 게으른 영혼이 아니라
꿈을 꾸는 몸이 필요하다

해방 공단 가는 길 3

오랜 시간이 걸렸다
물결은 자신이 물결인지 모르고
산으로 들로 강으로 도랑으로
떠다녔지만 이리저리 흩어지며
작은 부딪힘도 찢어짐도 기억하면서
서서히 자신이 물결임을 깨닫게 될 때까지
몸으로 깨닫게 될 때까지

때로는 이슬로 똥오줌으로 구린 배 속으로
때로는 나무의 수액으로
흐르면서 꿈에 젖기도 하고
분노에 치를 떨기도 하지만
그 무엇도 우리를 변화시키지 못했지만
떠돌며 부딪히며 우리는 보았다
빗물과 오줌과 가래침과 똥물도
지하수의 맑은 물이 되는
땅의 숨소리 우리가 들었던 거야

우리들의 더럽고 부끄러운 것들
구역질 나는 모든 것들이
어디로 가야 하는지 알았던 거야
이제는 그 모든 것 버리지 말고
껴안고 가야 할 땅이 있는 거야
우린 정말 일을 하고 싶어 아니
우린 일에서 떠나고 싶어
그러나 진정 해방된 일터는 저기 있어
더 많은 봉급이 유혹하는 곳이 아니야
더 안락한 일터도 아니야
인간다운 대접도 이제는 싫어
모든 것을 되돌려놓을 땅
땅의 숨소리 들었던 거야

제 3 부

어머니 말씀

강

강으로 가야지
바위섬을 돌아 풀잎을 적시며
방초꽃 흔드는 물결이 되어
강으로 가야지

깊은 산을 돌아 굽이굽이져
낮은 데로 낮은 데로 끝없이 흐르다
깊은 꿈 더하여 바다로 흐르는 강

지금은 강바닥이 말라붙었어
마른 풀잎들이 울고 있어
햇볕에 달아오른 돌들이 몸부림치지만
그렇다고 강은 끊이지 않았어
허연 바닥을 드러낼수록 강은
더 큰 물결의 꿈을 안고 흐르지
광폭한 힘으로 둑을 터뜨리며
줄기를 바로잡을 꿈이 흐르지

마른 강바닥에 먼지바람 일어도 절대
강은 절대 멈추지 않아 깊은 꿈 더하여
흐르는 강은 여전히 흘러
먹구름 아래 여전히 힘차게 흘러
방초꽃이 흔들리고 있어

태화강

살색 달빛이 흘렀다
강은 익숙한 어둠에 젖고
멈춘 듯 흐르는 물결을 따라
사람들은 흘렀다
도시도 따라 흘렀다

순결을 잃은 노래들을 강으로 보내고
욕정과 비굴함의 쓰레기들을 강으로 보내도
강은 소리 없이 몸을 떨며
어느새 도시가 흐르는 쪽으로 흐른다
사람이 흐르는 쪽으로 흐른다

강과 더불어 쉬지 않고 흐른 달은
똥물에 어린다
잠든 도시의 꿈속에
더러운 강물은 출렁인다

먼저 강을 따라간 고기들이
하구에서 허옇게 배를 뒤집었다
먼저 날아간 갈매기들도
하구에서 부리를 처박고 죽었다

살아온 날들의 강이여
따라 흐른 달빛이 아직 살빛으로 남았을 때
모두가 흘러 하구에 이르기 전에
허옇게 눈 까뒤집기 전에

바다

바다를 만나고 돌아서면
상처처럼 가슴에 파도가 박혀 있다

젊은 삼 년을 바다에서 살았던 몸
잊었다가 또 한 번씩 출렁거리고
이제는 그 빛깔이 많이도 변했다

웅얼거리며 어질러진 소리들 멈추고
모습을 엉킨 실타래처럼 숨겼던 바다
그때는 실올처럼 하나씩만 일러주었지만
돌아서면 그것은 뜯어진 실밥이었지만
언제나 나를 붙드는 것은 푸른 빛깔이었다
푸름은 언제나 꿈의 속살을 보여준다

날더러 오라고 한다
또 한 번 안고 뒹굴라 한다
우리가 사는 문드러진 도시에도

쉴 새 없이 파도가 몰려간다 한다

어둡고 깊은 골짜기를 찾아
매 맞고 피 흘리는 깊은 수렁에서 철썩이며
억압의 바위를 때리며
철창에 부딪혀 물기둥을 쏘아 올리는 바다

우리더러 이제 오라고 한다
가슴마다 하나씩 큰 파도가 되라 한다

항해

수평선을 깨부수며
물기둥을 쏘아 올리며
융단 파도가 뱃전을 때리더니
흰 갈기 펄럭이며
무수한 함성 무수한 발소리로
회오리가 드디어 눈을 열었다

먹구름 시야를 가리고 어둠
뱃전을 넘는 파도의 거친 휘파람 소리
구천을 호곡하는 빗줄기를 몰고

아무도 이곳을 벗어나지 못하리라
누구도 성한 몸으로 떠나지 못하리라
소돔의 바다를 벗어나지 못하리라
의인도 꼭 같이 심판을 받으리라
저 울부짖는 소리 그치기 전에
성난 발자국들 잠재우기 전에

폭염에 억눌렸던 이 바다를
아무도 벗어나지 못하리라

보아라, 폭정의 태양은 언젠가
폭풍으로 다스리고
기울어진 역사는 범람하는 물길로 다스리리라
피 흘리는 어두운 수렁이나
캄캄한 밤의 모퉁이에서 흐느끼던 울음들이
일순간 귀를 찢는
피맺힌 발자국의 회오리를 연다

그토록 용서하던 푸른 바다
그토록 인내하며 기다리던 바다
분노의 바다에서

어머니 말씀

역전까지 따라나서시며
햇살이 없는데도 실눈을 뜨시고
바람이 없는데도 눈을 비비시며
떠나는 나를 다시 불러 세워
뭐든 야무지게 하거라
평생 가난의 무게로 휘청이시며
늘 야무지게 하거라 야무지게 하거라
그 말이 무슨 뜻인 줄 알아도
뭐라고 한마디 변명도 못하고
도시 한 귀퉁이 습기 찬 셋방으로 돌아서시는
어머니 슬픈 모습 흐려져 보여도
이제는 한순간이나마
인간 승리 같은 금의환향 같은 것은 꿈에도 안 뵈고
울컥 분노의 눈물만 흐릅니다
십수 년 노동을 해도 우리 사는 일 아직 이렇지 않아요
이런 말도 한마디 하지 못하고
돌아서는 자식 뒤에서 너무도 변해버린

자식의 삶을 눈치채고
어디를 들락거리는지 눈치채고
남몰래 가슴 조이며 기다려야 할 세월
이제는 세상을 자식같이 생각하셔요
세상이 잘나면 이 자식도 잘났다고 생각하셔요
세상이 못났는데 자식만은 잘났다는 생각은 마셔요
금의환향할 세상을 기다리셔요
갈게요 세상과 함께 어머니 찾아갈게요

그해

그해 겨울 문턱
병든 어미 닭이 죽은 뒤
병아리들을 모두 아랫목에 옮기고
우린 아무런 말도 하지 않았다
어머니가 심어놓은 대추나무엔
마른 잎만 성기게 남았고
뿔이 막 돋으려는 어린 염소와의
머리 싸움 놀이도 그만두었다

무서리가 담장 안에 웅크린 새벽
어머니 허기 안고 천 리 길
청량리행 완행열차를 타시던 날
바람만 슬몃거리는 신작로 따라
발걸음 돌려 몇 번을 돌아보시며
살얼음을 밟고 흰 치마로 떠나실 때
동이 트는 하늘에 시린 파도가 쳤다

저녁답 들판에서 나를 부르던
어머니 목소리는 그날부터 도랑에 얼어붙었고
밥때만 되면 우린 겁부터 났다
가난만 벗으면 다 잘될 테니
그때 모여 사자시던 어머니가 가시자
모든 것 빠짐없이 얼어가기 시작했다

정미소에서 얻어 온 겉겨로 군불을 지피다가
어물전에서 주워 온 복어알 먹고 부모 잃은
담배포 계집아이 생각이
연기를 타고 눈을 찔러왔다
취중 고함치던 의용소방대원 아버지가
십 리 밖 사이렌 소리에도 달려가시던 날 저녁
다리를 저는 작업복 수선집 아들과 함께
약국집 외아들을 옹기전 앞에서 지독히 패줬다

다시 고향에서 부른 노래

휘청거리는 기둥마다 대못을 박아두고
한 그릇 국수 막걸리 한 잔에 다시 솟는 근육들
망치 소리 끌 소리 가로목을 박고
흔들리는 살림살이 꺾쇠를 박아두고
제멋대로 꺼진 세상살이 한허리 짐통으로 메우고
지워진 평생의 눈금으로도 틈 없는 벽을 쌓으시더니

뽀얀 먼지 속에 쓰러진 추녀 끝을 만져보면
아버지 자귀질 소리 흩어진 기둥마다 허물어진
벽마다 귀 익은 대패질 소리 땀 냄새
어릴 적 찾아갔던 아버지의 공사장
이십 년 흙벽들이 무덤처럼 쓰러질 줄이야
쓰러지더라도 내 죽은 그때쯤엔 내 새끼들 뱃가죽
편다면 삼베처럼 질긴 가난도 먼지
피워 올린다면 좀 좋으랴 하실
거나한 육자배기로 마음 달래며 믿어온 평생을
밀어버리고 콘크리트 빌딩이 오른다지만

여태껏 우리네 날품의 짐통이 오르고
레미콘 매연 속에 수직으로 솟는 성장의 제물로
모두 다 무너져도 질기다 못해 사슬이 된 밥줄의 대를 잇고
한 살림 일궈낼 꿈이야 애당초
화투 놀음만 못한 성장의 숫자 놀음에
싸리 껍질로 팔아치웠는지
여태껏 그러쥔 것이라곤 한 줌 노을뿐
멀거니 저녁답을 아버지의 뼈를 묻은 거리에 서면
노을을 일구며 들려오던 그래도 구성지던 그 시절 육자배기가
우리네 무슨 노래 마디마디 끊겨서
차이는 돌쩌귀마다 가슴에서 솟는가

고향 타령

내 고향은요
하양장 돌아서 금호장 지나면
청통면 숨 가쁜 땀고개가 나오는데요
비석골 지나 능금 꽃잎 실려 오던
금호강 징검다리 건너가면
별안간 자진모리 가슴 치는 영천장인기라요

울 아버지 목수 시절 영천장 지을 때
정미소 뒷집에서 내가 태어났다 카대요
옥낭자전 읽어주던 담뱃대 장수도
고무신 때우던 혹부리 영감님도
개고개 넘어오던 방물장수 아주무이도
잘 있는지 정말 잘 있는지

옹기전 뒷담에 차일을 치고
스무 날 남짓 처녀 가지런히 빗은 머리
궁초댕기 부르며 장구를 치던

뽀얀 분 바른 그 님도 보고 싶고요
고추전 빈터에 가마솥 걸고
국수 끓여 막걸리 팔던 과수댁도
채약산 넘어오던 나물장수 할무이도
아화장 돌아오던 울릉도 엿장수도
걸쭉한 노랫가락도 모두
변함이 없는지 정말 변함이 없는지

이십 년 다 되도록 나는 고향엘 못 갑니더
풍문이 아니라도 그 고향 그 사람들
사라진 지 오래겠지만
내 고향 잃을까 봐 고향엘 못 갑니더
기계 소리 함마질 소리 몸에 절어도
언제든 흥에 겨워 돌아갈 내 고향 있는기라요
어깨춤에 장돌림 하던 쾌지나 칭칭 나네
날라리 가락에 열두 발 상모 놀던 사람들
가난을 흥에 풀어 눈물 많던 내 고향

그 고향 잃을까 봐 고향엘 못 갑니더

무덤을 찾아서

개고개 폭폭한 길을 넘었다
미쳐버릴 것 같던 고향 황톳길
한여름 땡볕에 숨 막히는 길 따라
패랭이꽃 금속처럼 달아오르고
당집의 기와마다 검은 버섯 피어
못 떠난 혼령들 발목 붙들 것만 같은 길
알 수 없는 형의 무덤
청산가리 뽀얗게 덮여 사라진 얼굴

기괴한 당산 고목 현기증 뿜는 길
낯익은 얼굴 하나 난발을 한 여자
다가와 내 옷소매 잡고 헤죽거리네
말라 터진 강바닥까지 나를 따라와
아이를 안은 양 돌멩이 하나 안고 따라와
니 어데 가노 니 어데 가노
산에는 와 가노
씹하러 가나

얼라 낳아 날 다오
뻐꾸기처럼 꾹꾹 여자는 울고

형의 무덤은 찾을 길이 없는데
청산가리 뿜듯 타는 태양조차
씹하러 가느냐고
꽹과리 두드리며 따라온다

까마귀

너는 왜 오지 않는가
썩은 두개골을 잠재우는 새여
날아라 날아오라

사뿐히 앉아라 새여
긴 발톱으로 두개골을 움켜 밟고
썩은 눈을 쪼아라
곰팡이 슨 귀를 쪼아라
굳어버린 혀를 쪼아라
이빨 사이 귓구멍 사이
나비가 날아들도록
하얀 백골이 드러나도록 쪼아라

썩은 귀로 듣고
썩은 눈으로 세상을 내다보고
굳은 혀에 돌멩이처럼 말도 굳었구나
쪼아라 쪼아라

썩은 것일수록 날뛰는 세상을
검은 빛 반짝이는 새여
썩은 것들을 잠재우는 새여

너는 왜 오지 않는가
하얀 백골에 돋아날 새살의 꿈을 버리는가
죽은 것과 산 것의 경계를 나는 새여
새살의 꿈을 가진 자를 위하여
새여 네 검은 날개에
붉은 해를 싣고 올 날을 위하여

새벽안개

떠나는 사람을 보았다
흰 옷자락 날리며
노동에 거칠어진 손
피맺힌 손 흔들며
뿌연 나무들 사이
태연히 등을 보이며

기나긴 어둠을 물고
밤과의 피어린 싸움
흘린 피들은 투명한 물방울이 되어
흩어진 쇠붙이들을 씻고
물어뜯은 어둠 한 조각
흔들며 흔들며 가는

철야를 마친 새벽 퇴근길에 보았다
한 사나이가 떠나는 것을 보았다
한 사나이가 흔드는 거친 손을 보았다

어둠에서 일어나
풀들이 춤추기 전에
햇살에 반짝이며
꽃들이 노래하기 전에
흘린 핏방울을 풀잎 위에
꽃잎 위에 이슬로 선물하고
흰 옷자락 날리며
떠나는 사람을 보았다

목숨

계절이 기울던 날
가로수를 뿌리째 뽑아버리는 태풍에
방파제를 깨어 부수고 물보라 치는
파도에 몸 맡겨 살을 모조리 뜯긴
내 몸에 흰 뼈대가 드러날 때
그 뼈를 통하여 보았다
숨 쉬는 자들 가운데
죽은 자와 산 자를 보았다

한 시대가 기울던 날
한숨과 굴욕과 눈물이
깃발과 투쟁과 피 흘림으로
거대한 꿈의 파도가 되었을 때
선명하게 뼈대가 갈라서고
밥 가운데 죽은 밥과 산 밥을 보았다

세월에 녹이 슬었거나

비켜 앉은 자리에 개잡것들이 쌓여
흰 뼈대를 보지 못하면
폭풍에 뿌리째 다시 드러내지 않으면
피 흘려 험한 길에 나서지 않으면
나의 목숨도 남의 목숨도
죽은 목숨도 산 목숨도 분간치 못하리라

포플러 잎이 피면

포플러 잎이 피면 돌아올 거나
강물에 씻은 바람 얼굴을 씻고
밤새워 이슬 지어 피 묻은 가슴을 씻고

갈라 터진 아스팔트 검은 햇살 앞세워
울고 있는 논두렁 밭두렁 데리고
지옥 같은 기계 숲 죄인들 목숨 이끌고

무수히 무수히 흔들리는 잎새들
무수히 무수히 흔들리는 깃발들
넘치는 바람들 함성들
떨어지는 잎새들 생명들

무덤가를 흐르는 눈물에 적셔진
유월 바람은 죽은 바위도 깨우고
생명이란 생명들 모두 일으키는 바람
사월의 뼈들을 추슬러

오월의 피 붉은 가슴들 씻을 바람

피비린내 같은 아카시아 내음
그 향기 데리고 돌아올 거나
떨어졌던 생명들 무수히 다시 피워서
포플러 잎이 피면 돌아올 거나

성지

오늘은 꼭 가보리라
산더미 파도가 치더라도
한순간 모든 것을 버리고
착각이나마 깊은 착각에 빠지리라
전설도 아니다 역사도 아니다
흰옷을 입고 죽창을 들고
아흐레 영해장 싸전 앞에서
북소리 울리며 깃발을 들리라
일월산 백암산 청송 노귀재
함성을 지르며 피 흘리리라
나는 이 시대의 반역자
가은을 지나 새재를 넘고
태백산맥 골짜기마다 칼날을 세우리라
돌석이 그를 따라 머슴살이 청산하고
오리나무 숲을 지나 일월산에 오르리라
범수 그를 따라 영덕 강구 구룡포
굿판을 따라 날라리를 불리라

오늘은 꼭 가보리라
착각도 아니다 꿈도 아니다
흰옷을 입고 죽창을 들리라
초라한 나의 성지
살아남은 나는 반역자

우리의 가슴이 붉어지기 전에는 진달래꽃은 피지 않는다

이 나라 산천 어디에나 진달래꽃이
피지 않는 곳이 없다고 믿는 사람들은
봄이 오면 산에 들에 다시 가보게나
진달래는 그렇게 헤프게 피지 않는다네

화장기 짙은 장미꽃 같거나
채색 입힌 금속성의 튤립 같지 않고
개량한 패션모델 국화꽃 같지 않고
수줍게 웃는 우리들 누이 같고
님을 위해 흘린 눈물방울 같은 진달래는
꼭 그렇게 굽고 못생기고 질기디질긴
이 나라의 소나무 아래에서만 핀다네
소나무의 뿌리에 맞닿아야만 꽃이 핀다네

그렇게 헤프게 어디에나 피는 꽃이라
말하지 말게나
금세 시드는 꽃이라 말하지 말게나

아는가 저 수줍은 모습들이 어느 날
남녘에서 백두까지 꼭 한 번씩
휘돌아 굽이치는 이유를

진달래꽃은 소나무의 가슴이
붉어지기 전에는 꽃을 피울 수 없다네
우리의 가슴이 붉어지기 전에는
저렇게 휘몰아칠 수 없다네
휘몰다 휘몰다 닿는 곳
이 나라 마지막 진달래 한 송이는
백두에서 핀다네 백두에서 진다네

봄이 되면 산에 들에 다시 가보게나
진달래는 함부로 피는 꽃이 아니라네

기차를 기다리며

새마을호는 아주 빨리 온다
무궁화호도 빨리 온다
통일호는 늦게 온다
비둘기호는 더 늦게 온다

새마을호 무궁화호는 호화 도시 역만 선다
통일호 비둘기호는 없는 사람만 탄다

새마을호는 작은 도시 역을 비웃으며
통일호를 앞질러 달린다
무궁화호는 시골 역을 비웃으며
비둘기호를 앞질러 달린다

통일쯤이야 연착을 하든지 말든지
평화쯤이야 오든지 말든지

길림에서 온 편지

"중화인민공화국 길림성 한국 사람 누구든지"

진달래가 북상하며 꽃샘바람이 불던 날
십여 년 전 어머니가 보내신 편지의 주소였다
부모님 형님들을 만주 벌판에 두고
압록강 건너 시집을 왔던 어머니
눈 덮인 길림성 생각에 눈물을 훔치며
북녘 하늘 끝에 편지를 띄웠었다

황사 바람이 만주 벌판을 맴돌다
남쪽으로 달리던 날 어머니는
타향 셋집 번지까지 또박또박 적힌
이모님 편지를 받으셨다 이게 무슨 일이냐
이게 무슨 일이냐고 닳고 닳도록
편지를 읽으시며 영영
눈물이 마를 것 같지 않았다
빗줄기 되어 만주 벌판을 달렸다

삼 년 전에 돌아가셨다는 부모님 묘소로 달려가서
십여 년간 제사를 지낸 잘못을 빌고
형님 오라버니 시댁을 돌아
마침내 소나기가 되었다
어머니의 깊은 주름살 하나가 펴지며
금세 햇살이 되었다
길림중학교 운동장 동구 밖 개울가
인자하시던 아버님 품으로 오라버니
손목에 끌려 봄맞이 가더니

금세 흰 눈이 되었다
광야를 내달리다 흑곰의 머리 위에
사냥꾼의 소총 위에 독립군의
식은 밥덩이 위에
죽은 동포들 시체 위에 쌓였다
어느새 황사 바람이 된 어머니
압록강을 건너 신의주 철로 위로

달려 남으로 남으로 달려
첫 남편을 죽인 전쟁터로
어려서 죽은 자식 다 키워서 죽은
자식들의 무덤을 스쳐 한 많은
평생을 휘감아 돌다 돌다가
우뚝 멈추시며 흰 머리칼 풀어
노을로 타셨다
긴 강물 위에 노을을 던지셨다

만주 이모 1

알면서도 나는 물었다
이모님 어디로 돌아서 오셨습니까
가까운 우리 하늘을 두고
남의 하늘을 빌려서 고향엘 오셨습니까
강이 얼어붙어 못 올 뱃길도 아닌데
하늘이 얼어서 못 올 비행기도 아닌데
고운 한복을 차려입으시고
같은 말씨 닮은 식성 빼닮은 얼굴
어머니가 사십 년을 애태우시며
꿈에도 못 잊던 모습을 대하고도
나는 도무지 실감이 나지 않았다

알면서도 나는 물었다
그곳 학교에서는 이곳 사람을 나쁜 사람들이라 가르친다지요
나도 태연히 말했다
남한 학교에서도 그곳에는 나쁜 사람들이 산다고 가르치

지요

우리는 남의 얘기를 하고 있었다
누가 누구를 오랑캐라 해도
누가 누구를 괴뢰라 해도
누구 누구를 원수 도당이라 해도
그것은 남의 말
우리는 우리를 미워하지 않아요
우리는 피를 나눈 형제 친지
못 잊어 애태우던 사십 년이었지요
반공도 반제국주의도 남의 말
그 때문에 못 만날 이유가 없지요
조선 백성 모두 만나기를 원해요
어우러져 함께 살기를 원해요
먼저 통일을 원해요

죽기 전에 꼭 한 번 고향 땅 밟고 싶다고
만 리 길 달려오신 이모님

우리 땅을 꼭 한 번만이라뇨
다음에 오실 때는 신의주 철도를 타고 오셔야지요
저세상 가시기 전에 아주 오셔야지요

진양조

의병들의 노래

가자서라 가자서라 눈비 오고 바람 불고 까마귀 우짖는 골짜기 흰 뼈들 부딪치며 굶어서 죽은 자식 몽둥이에 맞아 죽은 벗님들 멀면 얼마나 멀까 보냐 쭈그러진 솥을 이고 산 자여 가자 눈보라 헤치고 인간답게 못 산 세상 죽은 뼈들 깨워서 가자 모자란 뼈들 서로 맞춰 끼워 맞춰 그래도 모자란 뼈들 기대가며 가자서라 타는구나 부딪는 뼈마디마다 부딪쳐 검은 연기 펄펄 나네 타는구나 산맥들 훨훨 타는구나 훨훨 훨훨 타는구나 훨 훨 훨 훨 타는 불꽃 속으로 산 자는 간다

중모리

머슴 의병의 노래

내 탓일세 내 탓일세 묶인 사슬이 운명의 노예로 살은 탓이 열두 대문 비질도 넓디넓은 문전옥답 쟁기질도 괭이질도 버리어라 굽실대는 허리도 땅만 치던 주먹질도 설운 눈물도 버리어라 깊은 한숨 버리어라 내 탓이야 칡넝쿨 뽑듯이 우두두둑 세운 힘들 나서리라 나서거라 온몸이 죽창 되어 나서리라 나서거라 온몸이 화살 되어 나서리라 나서거라 여물통도 버리어라 나뭇짐도 버리어라 높은 누각 큰 기침 향한 쇠스랑이 되어라 산들이 새날을 맞으리라 어허야 강바닥에 새 물이 흐르리라 풀잎이 새롭구나 바위가 살았구나 나무들도 뛰어가네 이슬 물고 펄펄 뛰네 온몸이 죽창 되어 나서면서 알겠네 온몸이 화살 되어 날으면서 알겠네 피 흘려서 알겠네 죽어서야 알겠네

중중모리
의병 아내의 노래

당신 뜻 나 알지만 이런 설움 어쩌리오 당신과 살은 탓에 자식에게 죄 갚음 자식까지 앗아간 놈들 이내 몸을 짓밟고 온갖 닦달 발길질 이런 원한 어쩌리오 차라리 나 또한 남정네로 태어나서 이 산 저 산 횃불을 들고 산마다 산맥마다 불을 질러 마을마다 들마다 원한의 피 뿌릴 것을 북풍한설 모진 바람 거친 들판 당신 찾아 길 나섰소 어디 있소 내 님아 보고지고 내 님아 오랏줄에 묶였는가 보고지고 내 님아 배곯지나 않았소 죽지는 않았소 성황당 어둔 밤 날아가는 까마귀야 우리 서방 못 보았소 우리 님을 못 보았소 찢어진 치맛자락 자락마다 눈물 얼음 살이라도 터졌는가 보고지고 보고지고 숨이라도 끊겼는가 찬 땅에 묻혔는가 보고지고 내 님아

자진모리

화랭이 의병의 노래

망자 망자 떠나간다 금일 망자 떠나간다 매 맞아서 죽은 귀신 서방정토길 어이어이 화승총에 죽은 혼령 저승길도 어이어이 굶어서 죽은 영정 극락길도 어이어이 덧문을 열어라 망자를 배웅하자 동해 바다 한바다 열어젖혀 반야선을 띄워라 갯가에서 굿쟁이로 장터에서 소모꾼에 굿판 돈으로 쌀가마 지고 산길 밟아 보리 가마 지고 아전배 만나 죽창 되고 진군이면 북쟁이로 벗님들 귓전에 하늘이여 열려라 두둥두둥 두둥두둥 망자 망자 벗님네야 금일 망자 벗님네야 죽은 벗님 혼백 앞에 바다여 열려라 살은 벗님 귓전에 하늘이여 열려라 죽창이 나서면 땅이여 열려라 함성이 열리면 강물이여 터져라 살은 벗님 귓전에 죽은 벗님 저승길에도 오백 년 조선에 하늘이여 열려라 두둥두둥 하늘이여 열려라

제4부

온산 공해 단지에서

너꺼무떠거랄

온산 공해 단지에서

너꺼무떠거랄 떠나라 하네
선진 조국 대로 위에 새로 난 고갯길로
언제 또 볼 거나 봇짐을 싸야 하네
이제 가면 천길만길 잠길 땅
눈물 떨구며 가슴 털리며 봇짐을 싸야 하네
북녘땅 실향이면 꿈에라도 청하련만
바람에 찢기는 그물 꿈마다 부러지는 노
잊으라 하네 저 갯내를 몸에 익은 파도를

너꺼무떠거랄 떠나라 하네
빚쟁이처럼 몇 푼 돈에 차압을 하네
십수 년 털렸건만
빚더미 물려 발길질하네

아이고야 고기도 떠나더니 미역도 떠나더니
아이고야 뼛골이 쑤시더니 온 마을이 뒤척이네
데이고야 땅이 죽어 황천 가나 바다 죽어 구천 가나

데이고야 경제 개발 언제 했나 우리들 피만 짰지
데이고야 선진 조국 했다더니 날품팔이 하라네
데이고야 복지국가 한다더니 판잣집 가라네

너꺼무떠거랄 떠나라 하네
속아 산 십수 년 봇짐을 싸라네
그냥 갈 건가
소값을 받느니 혀 빼물 바다를 두고
개값을 받느니 갈아엎을 땅을 두고

먹이사슬

온산 공해 단지에서

쓱쓱 숫돌에 칼을 문지른다
아직은 뱃일을 끝낼 나이가 아닌데
공해병에 쑤시는 뼛골 으스러질라
고기 장만이나 하라는구나

도마 위의 붕장어 뒤통수를 내려치고
시뻘겋게 피가 튀는 껍질을 벗기려다
소름이 돋을 듯 온몸이 섬찟하다
이놈이 우리 밥의 사슬이 되듯이
우리도 어느 놈의 먹이사슬이 되어 있구나
어느 아가리가 우리의 목덜미를 잡아채고 있구나
먹이가 되어 칼질을 당하고 있구나

보상금 준다 깎자 안 준다 깎자
투전판 놀음 걸 듯하더니
이주 대책 있다 무소식 없다 무소식
개 얼러대듯 하더니

이주 계획 내년이다 내후년이다
내후후년이다 내후후후년이다
후후후후 헛웃음만 웃어도 뼛골 쑤시는 몸을

잡놈들이 찾아와서 엉덩이 까라 사진 찍자
배를 까라 사진 찍자 다리 까라 사진 찍자
자지 까라 사진 찍자
나를 더러운 모델로 만들어놓고 휑하니 떠나더니
이따이이따이 병 아니다
미나마따 병 아니다 당당하게 소리친다
이따이이따이 병 아니면 이따위이따위 병이거나
미나마따 병 아니면 맞다아니다 병이거나
우리는 누구의 먹이가 되고 있다
저들이 저지른 총칼의 죄를 인멸하기 위하여
우리를 죽이고 있다
우리는 누구의 먹이가 되고 있다

칼자루는 저들이 잡고
아무렇게나 쓱쓱 칼을 갈고서
우리의 창자를 발라내고
우리의 뼈를 꺾어 헹궈서
햇볕에 주렁주렁 빨랫줄에 매달았구나
죽은 온산 바다를 바라보면서
목숨들이 허옇게 말라가고 있구나

처용가

온산 공해 단지에서

동해나 울산에 전설은 살아 있다
서울 밝은 달에 밤새워 노니다가
들어와 자리 보니 다리가 넷이더라

개운포에 구름이 걷히고
일곱 용이 놀았다는 처용의 전설
썩은 물 가운데 웅크린 처용암, 처용각, 처용리

아침마다 안개가 걷히는 아름답던 포구
푸른 물결 넘실대며 동해가 열리던 곳
배꽃이 피는 철엔 마음은 열두 폭
큰애기들 사랑도 따라 익어가던 곳
어기야디야 뱃노래 끊이지 않던 곳

동해나 울산에 전설은 살아 있다
건너 공단의 검은 연기는 긴 혀 빼물고
바다를 핥고 거대한 무쇠탑들이

두 다리, 네 다리, 수십 다리로 마을을 덮쳐
중금속 분비물이 끈끈한 물결
밤마다 덮쳐 신음 소리 비명 소리 터지는 땅
뼈가 녹고 살이 터져 죽어가는 땅 바다

둘은 내 것인데 나머지는 뉘 것인고

동해나 울산에 전설은 살아 있다
아름다운 포구의 꿈결 같은 전설과
역신 앞에서 춤을 추었다는 전설과
삼지창을 들고 청룡도를 들고
역신 향해 싸웠다는 전설도 살아 있다

아살 엇디 ᄒᆞ리고
아살 엇디 ᄒᆞ리고

흉어제 1

온산 공해 단지에서

떠나는 마당에 굿을 열어 어쩌자고
초하룻날 제문쟁이 제문을 짓고
아흐렛날 축문쟁이 축문을 지어
열사흘 열나흗날 차일을 치고
골매기당 정케 하고 제상을 차려두고
덩쿵쿵따 덩쿵쿵따 더덩더덩 덩쿵쿵따

동짓날 쓰다 남은 팥 찹쌀 추렴하여
아낙네들 가마솥에 솔가지 불을 때고
그물코에 걸린 슬픔 어지럽게 버려두고
손 없는 이 의관 갖춰 축문 소리 떨려오네

죽은 바다 마주하고 풍어제 지낼까만
공해병 든 제상 고기 성황님 전 액을 끼어
떨리던 어깻짓이 한숨에 잠기누나
어허어야 모진 목숨 빚더미 물려 쫓겨가나

성황목 솔잎 끝에 부는 바람 눈이 시려
몸에 밴 갯내가 눈물에 묻어나네
음식은 그만두게 막걸리나 서너 순배
어찌 아니 풍장 소리에 가랑이 떨려올까
더덩더덩 덩따쿵따 덩쿵쿵따 덩쿵쿵따

병든 육신 울화통만 터지는데
복지국가 발길질로 쫓아내네
가슴속에 한도 없이 무슨 신명 일어날까
가슴 깊이 눈물 없이 무슨 춤이 추어질까
어허 가랑이 열리네 어허 어깨 떨리네

눈물 젖은 팔다리들 한 맺힌 춤 추고 보니
어허어라 나서라네 성황목이 나서라네
밑둥치는 쾅쾅 찍어 죽은 자의 관을 짓고
잔가지 굵은 가지 꺾어 들고 나서라네
어허 가랑이가 열리네 어깨가 떨려오네

흉어제 2

공해병에 죽은 혼령

건듯 부는 갯바람에
저려오는 가슴
검은 구름 밤바다에
절절이 우는 파도

기우는 서낭대 끄트머리
바람인가 싶더니
누진 속곳 태우는 연기인가 싶더니
덧없이 죽은 혼백 대내림인가

비린내가 묻어나는
징 소리 북소리
소지에 태운 울음
마을을 휘감네

여보게 단골무당 어디를 가나
내 혼백 예 있건만

갯가에는 왜 가나
덧없이 병신 되어 죽은 육신
혼백조차 병신 되어 대내림 다 못하오
날 건져 소리 듣소 공수내림 다 못하오
반야심경 소용없소 화엄경도 소용없소
나 어찌 죽었는가 그 소리 알아듣소
살덩이 녹여내는 검은 연기에
뼈까지 녹여내는 검은 물에
뒤틀린 날 건지소 혼백을 건지소

대를 잡소 단골무당
대내림 축원하소
산 자에게 일러주소
검은 물에 뒤틀린 내 혼백 공수하소

숭어

온산 공해 단지에서

불쌍한 내 새끼들아
사람 사는 곳도
땅이면 다 땅이 아니라
아무리 떠돈들 살 땅 못 살 땅 가리며
씨앗이 뿌리 내리고
삽날이 드는 땅 따로 있거늘
우리같이 떠도는 무리라고 제 물이 없을까
지느러미 고를 물살의 흐름도 맞아야 하고
해도 달도 내리는 깊이도 알맞아야 하는
흐르지 않는 물 바위틈에 알 꾸러미 내리고
너희를 지키며 먹이 고를 물이
멀지 않아야 하는 곳에 자리를 잡아
드리운 그물만 피해 다니면
모든 것이 뜻대로 되는 그런 물바다였단다
어찌된 일인지 새끼들아
너희를 배고 나서는
얕게 떠올라도 달빛이 뵈지 않고

때로는 숨을 막는 독물이 흘러들어
무거운 배를 뒤집고 물 위에 떠올라
몇 번이고 정신을 잃었다가 깨어보면
그때마다 이웃들이 뭍을 덮을 정도로
떼를 지어 밀려가서 죽어 있는 것을 보았단다
철 따라 떠도는 무리도 제 물이 있는 법
우리는 한곳에 모여 사는 무리가 아니냐
알을 깨어야 할 때를 훨씬 넘기고서
너희가 이 물바다에 태어났을 때
이제는 새 보금자리를 찾아 떠나려 했는데
이 불쌍한 내 새끼들아
어린 몸이 얼마나 괴로우냐
허리가 수초처럼 굽은 채 뒤틀리고
또 애꾸눈이 되어버린 새끼들
약한 물살에도 밀려다니는 너희를 보면
천만 갈래 가슴이 찢기는구나
이곳 떠나 새 보금자리 찾을 때까지

멀고 먼 풍랑 길을 어찌 가려느냐
어미들도 남의 먹이가 되기 십상인 길인데
어찌 가려느냐 내 새끼들아
뭍으로 가려느냐 불쌍한 내 새끼들아

온산 뱃노래

온산 공해 단지에서

에루산야 에루산야 어허산야 어허산야
정월이라 대보름날 손없는이 제주삼아
초하룻날 받은제문 뜻을모아 지은축문
골매기전 백배치성 용왕님전 천배치성
선박도공 해업증산 여의익상 빌어보세
에루산야 에루산야 어허산야 어허산야
묶인닻줄 감아올려 서낭깃대 높이달고
어서뱃길 재촉하세 만경창파 헤쳐가세
그물한껏 드리우고 고기풍년 기약하세
딸년시집 빚진돈도 학비조달 빚진돈도
삭구일체 외상값도 모두갚을 풍어기약
넘실대는 한바다에 소주한잔 용왕님전
고시네에 올리고서 재수대통 빌어보세
에루산야 에루산야 어허산야 어허산야
어장이 안되려면 해파리만 든다더니
대천지 너른바다 어느누가 범했는가
어허어야 망제로다 어허어야 망조로다

드리울제 그물보다 건진그물 가볍구나
에루산야 에루산야 어허산야 어허산야
엉뚱한곳 걸려죽은 외눈박이 기형고기
다문다문 박혀있는 허리틀린 병신고기
비실비실 죽어가는 공해병든 비실고기
아이고야 불난곳엔 건질것이 있다지만
데이고야 물난곳엔 건질것이 없다더니
가난하기 끝이없어 용왕님전 공덕한게
요기조차 못되었나 볼가심도 못하였나
마파람만 뱃전에서 철썩철썩 우는구나
어찌할꼬 처자권속 어찌할꼬 빚만늘어
하늬바람 높새바람 부는대로 불어다오
우리뱃놈 설운심사 너희까지 우는구나
마을덮던 검은바람 이곳까지 범하여서
마을마다 고갯길이 바다위에 고갯길이
시커먼 고갯길이 여기저기 생겼구나
우리살림 거덜나네 우리목숨 절단나네

태풍바람 세찬파도 호호탕탕 불어다오
우리살림 넘어야할 저곳까지 실어다오
어이어이 뱃놈들아 그물두고 버려두고
에루산야 어허산야 어서넘세 속히넘세
갈매기야 고기들아 너도함께 가자서라
우리모두 죽는고개 어서넘세 바삐넘세
모진태풍 성난파도 철썩철썩 우루루쾅
너와같이 어서넘세 에루산야 어허산야
에루산야 에루산야 어허산야 어허산야

가르치는 것이 싸우는 것이라면 싸우는 것도 가르치는 것이리라

해직 교사 기도회에 부쳐

추억을 분탕질해버린 교사에 대해
우리는 나쁜 편견을 갖고 있다
새벽 신문배달길에서 늦은 우리를
허구한 날 빠따질해서가 아니다
밀린 등록금 때문에 창밖으로
헤어진 책가방 내동댕이쳐서가 아니다
노동자인 우리가 학교 증축 공사장 아시바에 매달릴 때
불량 학생의 전형적인 장래의 인물로
아이들에게 우리를 견본으로 지적해서가 아니다

준교사 병장에서 문교부장관 연대장까지
독재 정권 사단장에서 제국의 군단장까지
열중쉬어 차려 열중차려 쉬어
툭하면 쪼인트 여차하면 줄빠따
이등병 일등병 상등병은 학생 그 아래는 땅바닥
열중쉬어 원산폭격 받들어총 뒤로 굴러 박아!
국민교육헌장 그늘까지 헤쳐모여

제국주의 깃발까지 선착순

작업 명령서대로 따를 것
설계 청사진대로 만들 것
천 분의 일 오차도 없도록
명령을 어기는 자에겐 휴전선 철조망으로 목을 조이도록
사지선다 머리 어깨 무릎 발 하나만 고르도록
소비재 상품을 만들 학생을 만들기 위해
교사는 생산재 상품이 되도록

아니다 아니다 이것이 아니다
우리는 기술자가 아니다
우리는 교관이 아니다
우리는 증오를 가르칠 수 없다
우리는 기계를 만들 수 없다
우리는 굴욕을 가르칠 수 없다
우리는 바담풍을 가르칠 수 없다

우리는 제국주의의 종을 만들 수 없다

"우리 선생님을 돌려주세요. 옳고 그른 일을 판단할 수 있는 힘을 주시는 일이 의식화 교육인가요? 편협하고 획일적으로 만들어놓은 제도 교육이야말로 의식화 교육이 아닐까요? 결백한 저희 선생님을 돌려주세요."

이 아이들을 이제 어쩔 것인가
새싹을 자르는 일은 하지 못하리라
제국주의의 종을 훈련시키는 채찍은 들지 못하리라
이제야 바른 싸움의 깃발을 들었구나
곪은 종기에 칼을 들었구나
그대들 싸움에서 아이들은 껍질을 깨리라
가르치는 것이 싸우는 것이라면
싸우는 것도 가르치는 것이리라

성문 밖 그대의 목숨 곁으로
박종철 추모제에 부쳐

1

성문 밖 눈보라 속에 버려진
그대 이름을 부른다
종철
쇠북 鍾 밝을 哲
환한 새벽을 밝힐 종을 부른다
죽음의 성을 쌓아
살인의 성을 쌓아
생명을 짓밟고 인륜을 능멸하고
역사의 제단 위에 피를 뿌린
살인 독재의 도성을 향해
그대의 이름으로
눈부신 새벽을 알릴 종을 부른다

2

박종철
스물한 살의 꽃
야수들에게 끌려가 뭇매 맞고 쓰러져
이리들에게 짓밟혀 갈기갈기 흩뿌려져
까마귀 떼 이글거리는 곳에 버려진 혼
피는 죄의 제당에 뿌려지고
살과 가죽과 뼈는 성문 밖
눈보라 속에 불태워져버린 육신
이 민족의 참담한 역사는
썩어 죽은 자들이 산 생명을 유린하여
죽은 역사가 산 역사를 심판하는데
정의로운 목숨들이 갈 곳은
짓밟혀 피고름 젖은 땅 성문 밖
네 육신이 버려진 바로 그 성문 밖으로
참담한 역사에

참혹한 생명에
짓밟힌 하늘에서
제 몸 스스로 태워
이제 불이 붙으리라
눈부신 불이 붙으리라
종철 그대의 이름으로
환한 새벽의 종을 울려라
인간이 이제 인간답게
살 수 있는 시작을 알려야 한다
역사가 이제 참역사가 시작되는
그날을 알려야 한다
하늘이 이제 하늘다운
그날을 알려야 한다

3

그대 혼 참담하여라
그대 육신 참담하여라
그러나 그대의 이름은 이제
그대의 이름만은 아니다
참혹한 역사의 제물이 되어간
모든 무고한 목숨들의 이름이다
정의에 바쳐진 숭고한 순교자의 이름이다
산 자들은 부끄럽구나
산 자들의 목숨은 욕되구나
그대를 성문 밖 눈보라 속에 던져버린
산 자들의 목숨은 이제 가리라
그대의 육신을 불태워 죄를 인멸한 그곳
그곳 성문 밖으로 우리는 가야만 하리라
우리의 형제가 짓밟혀 버려진 곳
우리의 하늘이 찢긴 곳

성문 밖 그곳으로 가야만 하리라
이천 년 전 예루살렘의 예수
십자가에 못 박혀 버려진 성문 밖으로
나라를 되찾으려던 동학 의병의
사지가 찢겨 버려진 성문 밖으로
1987년 1월 14일 그날의 종철
혼이 찢기고 육신이 버려진 그곳
성문 밖으로 성문 밖으로
이제 우리 모두 성문 밖으로 가야만 한다

4

민족을 위해 역사를 위해
자기 몸에 불붙여 산화한 젊은 혼들을
죽었다고 말하는 자 누구인가
더러운 역사의 제물이 되어간

종철의 목숨이 끊겼다고 말하는 자 누구인가
그들은 숨을 쉬는 자들 중에 죽은 자들일 것이다
그들은 밥을 먹는 자들 가운데 생명이 없는 자들일 것이다
진정한 생명은 어디에 있는가
참된 생명을 가진 자는 과연 누구인가
성문 밖으로 가자
그곳에서 눈부신 생명을 껴안자
그곳에서 참다운 역사를 껴안자
인간이 이제 인간다운 날을 위해
역사가 이제 역사다운 날을 위해
하늘이 이제 하늘다운 날을 위해
종철 그대의 이름으로
종철 그대의 목숨으로
종철 이제 우리의 이름으로
종을 울려라
환한 신새벽의 종을 울려라
성문 밖으로

성문 밖으로

해설 · 시인의 말

백무산을 소개하는 문예 보고서

노동자들에게 드림

김형수(시인)

우리 시대를 끌어가는 인류 역사의 운전사들이신 노동자 여러분!

저는 지금 완성 단계에 있는, 참으로 반가운 선물을 눈앞에 놓고 제법 흥분해 있습니다. 머지않아 이 선물은 햇살처럼 화사한 모습으로, 장시간 노동·열악한 생존 조건 등의 장벽을 넘어, 서서히 당신들의 꿈꾸는 가슴에 가닿을 것입니다.

미리 밝히지만 이 선물은, 타락할 대로 타락한 황금만능의 사회가 체질인 사람에게는 별로 값도 안 나가고 쓸모도 없는 것입니다. 그러나 단 하루라도, 가능키만 하다면 한 시간이라도 빨리 임금 노예에서 벗어나고 싶은 사람의 입장에서 보면, 이것은 소중한 것입니다. 자본가들에게는 안된 말이지만, 이것은 노동자를 배신하고 긁어모은 재산 따위와는 비교도 안 될 만큼 크고 아름답고 깨끗한 것입니다. "까

짓 2,000여 원짜리 버리는 셈 치고 매절해버리지 뭐" 하고 근성대로 노는 자본가가 있을지도 모릅니다. 그러나 천만에, 그것은 진짜로 내버리는 것이지 갖는 것이 아닐 것입니다. 노동자들은 이 선물을 통해 가슴 뿌듯한 감동을 얻을 테지만, 자본가들이 얻을 것은 불쾌감밖에 없을 것이기 때문입니다. 그래서 이것은 천생 당신들만의 것이거나 당신들과 친한 사람들에게만 유용한 것이 되겠습니다.

자본가들이 빼드러져 자고 있는 시간에 기계 앞에 앉아 새벽을 기다리는 당신들에게 이 선물을 주시는 분은, 역시 울산의 노동자 '백무산'입니다. 올해 나이 서른셋. 흔히 노동계급, 피티(PT) 등으로 부르는 '무산자'라는 뜻의 이름을 가진 이 사람은 당신들이 야근을 마치고 돌아와 씻고 자는 시간에, 마찬가지로 야근에서 돌아와 안 씻고, 안 자고(대신 골똘한 생각을 많이 하고, 역겹기 짝이 없는 볼펜을 많이 만지작거린 대가로) 이것을 준비했던 것입니다. 역사의 수레바퀴가 녹슬어 버리기를 고대하는, 한 줌도 못 되는 악당들에게 눌려 사는 2,000만 노동자의 해방노래꾼이 되기 위해서 말입니다.

그리고 참, 이런 어쭙잖은 보고서를 쓰게 된 소인은, 당신들에게 사랑받지 못하면 발붙일 데가 없어지는 소위 '민중시인'이라는 지식인입니다. 고백하건대, 이 선물을 만드신 분처럼 저 역시도 밤잠을 설치며 새벽을 기다리긴 했지만, 저는 손가락·팔·몸뚱이를 잘라 먹는 살인 기계 앞에 앉지 못했던 탓에 자주 졸았습니다. 그런 관계로, 만일 이 선물에 흠집이 생긴다면 꾸지람은 마땅히 제가 받아야 할 것 같습니다. 왜냐하면, 여기서 제가 할 역할이 해설을 쓰는 것인즉, 사용법을 밝히는 설명서 작성자는 물건의 옳고 그름, 잘된 점과 못된 점을 다 같이 중요하게 취급해줘야 할 것이기 때문입니다.

노동자 여러분, 이 선물의 품종(品種)은 '시집'이요, 제품명은 『만국의 노동자여』입니다. 저는 지금부터 이 시집이 당신들에게 유익한 것이 될 수 있도록, 최선의 노력을 다하겠습니다. 다만 한 가지 저의 알량한 지식과 짧은 세상 경험 무엇이나 간에 하여튼 해석부터 하려고 드는 경솔한 습성으로 인해 생겨날 수 있는 잘못, 이를테면 엄연히 틀린 말인데도 대단한 속뜻이 있는 것처럼 의미를 덧붙여 부추긴다거나, 무척 짜증 나는 구절인데도 솔직한 느낌을 무시하고 그것이 마치 깊은 감동을 주는 것인 양 엄살을 떠는 따위의 잘못이 있을 수 있음을 밝힙니다.

백무산의 시에 이런 장면이 나옵니다.

여보게 자네 그림 하나는 잘 그렸더구나
청사진 구워 온 설계도를 보았네

(중략)

그런데 어느 날 업자가 오고
웃통 벗은 인부들이 몰려와
자네가 애써 그린 청사진에
침이 고이도록 욕설과 악담을 해대더니
팽개치면서 이렇게 말했네

돌대가리 새끼들 종이 집이나 지었군
그러고 나서 그들은 설계도 없는 집을
멋지게 지어놓더군
놀란 내게 그들이 말하더군
세상엔 자네 같은 꾼들이 참 많다더군
배후 인물이 못 되어 안달하는 친구들
참 많다고 말일세

—「종이 집」 부분

상상으로만 운동하고 몸으로 때우려 하지는 않는, 무기력한 지식인 운동가를 섬찟하게 만드는 시입니다. 노력하는 태도는 가상하나 골방에서만 쓸모 있고 일터에서는 소용없는 짓을 하는 것이 역겨울 수도 있다는 깨달음을 주는 이 풍자가 제게도 해당될지 모릅니다. 그래서 당신들에게 미리 이런 부탁을 해둡니다. 사정이 허락된다면 주변의 친구들과 이야기를 나누어, 이 시집은 어떤 점이 배짱에 맞고 안 맞았다고 하는 방식으로 제 일을 좀 거들어달라고 말입니다.

이제 이야기를 시작하겠습니다.

1. 백무산은 어떤 의미를 갖는 시인인가

옛날, 아주 멀고 오랜 옛날이었습니다. 사람들은 천둥·번개가 치고, 비바람과 눈보라가 몰아쳐오는 대지 한복판에 내던져져 하루하루를 무서움에 떨며 살고 있었습니다. 맹수가 나타나면 숨고, 큰물이 지면 산꼭대기로 달아나고, 배가 고프면 먹을 만한 나무 열매나 사냥감을 찾아 헤매면서 원숭이 티를 못 벗어난 채 살았던 것입니다. 집도 친구도 일터도 없이, 아주 고독하고 가련하게 살다가 언젠가부터 이들은 무리를 짓기 시작합니다. 그때가 지금으로부터 약 200만 년 전, 마침내 사회적인 동물이라고 불리는 우리 조상님네들이 생겨난 것입니다. 각기 떨어져 살다가 비로소 '사회'라는 꽃밭을 만들어(그렇습니다. 그것은 황무지에 일구어진 꽃밭 같은 것이었습니다) 살기 시작하면서 사람들은 말을 만들어냈습니다. 갓난애의 것처럼 처음에는 울음도 비명도 아니었던 이 말이 점점 자유자재로 발음되어 어른의 것처럼 되는 데, 아마 199만 년쯤의 세월이 걸렸을 것입니다. 그렇게 해서 생겨난 말은, 가면 갈수록 정확해지면서 사람의 두뇌를 놀랍게 발전시켜놓았습니다. 여러분! 말은 이렇게 인간의 두뇌를 발전시키는 것입니다. 그런데 이 '말'은 하나의 종류밖에 없는 것처럼 보이지만, 사실은 두 가지의 것이 있었습니다. 하나는 사전 속에 들어 있는 말이요, 다른 하나는 우리의 생활 속에 돌아다니는 말입니다. 사전 속에 들어 있는 말은 추상화되어서 '뜻'으로 존재하는 '말'이며 생활 속에 돌아다니는 말은, 생생하게 살아 실제 모습이나 느낌으로 존재하는 말인 것입니다. 우리가 무심코 사용하는 이 '말'은, 그것이 두뇌를 어떠한 방식으로 발전시키느냐 하는 용도에 따라 이렇게 나뉘었는데, 앞 갈래를 타고 간 것은 과학이나 학문이라는 형태로 발전했고, 뒷 갈래를 타고 간 것은 예술이라거나 문학이라는 형태로 발전했습니다. 설명이 좀 지지부진합니다만, 하여튼 이 '말'은 사람이 써먹을 데가 있어서 만들어놓은, 도구나 무기 등과 같은 것이었습니다. 그런데, 그런데 여러분! 앞서 말한 199만여 년의 세월이 흐른 어느 무렵, 계급사회가 출현하면서 인류 공동의 재산인 이 말에 그만 당치도 않은 불공평이 생겨버리고 맙니다. 그 최초의 불공평에서 이득을 본 사람들은 생존을 위한 절대적 노동에서 해방된 노예 소유주였고, 손해를 본 사람들은 노예 소유주들의 몫까지 하느라 두 배로 힘들어진 노예들이었는데, '말'의 불공평은 대체로, 노예들이 이것을 배우고 사용할 기회를 박탈당함으로써 가능했던 것이었습니다. 이렇게 해서 혜택을 받은 노예 소유주들은 자기들끼리 문자도 만들고, 또 편리해진 만큼 '민주정치'다 뭐다도 하고 '함무라비법전'이니 뭐니 하는 형태로 후세에 남기기도 했지만, 노예들은 선조들이 유산으로 준 '말'을 발전시키기는커녕 써먹을 기회마저도 박탈당한 채 살아야 했습니다. 그러다가 세월이 흘러 세상이 바뀝니다. 노예 소유주는 봉건 영주가 되고 노예는 농노가 되었습니다. 농노는 반(半)노예였기 때문에 식구들과 잠자리를 같이할 자유는 있어 '말'이라는 도구를 사용할 극소량의 여유를 얻어냅니다. 그 덕분에 민요, 구비문학과 같은 민중들의 문화가 생기게 된 것입니다. 그러나 '목소리'만 사용하는 '말'과 '글자'로까지 사용하는 '말'은 엄청나게 다릅니다. 목소리는 보존이 안 되는 것이어서 멀리 있거나 시간대가 다르면 못 쓰게 되는 것이지요. 그래서 '말'의 역사에서도 목소리가 갖는 위력만큼의 발전이 이 시기에 가능했습니다. 그리고 또 세월이 흘러 세상이 바뀝니다. 인류 공동의 재산을 독식해온 노예 소유주, 그들의 것을 고스란히 넘

겨받은 봉건 영주 또 그것의 상속자가 되는 자본가, 아, 우리 반갑잖은 건달 자본가가 이때 나타나서 '말'의 특혜를 마음껏 누리기 시작하게 된 것입니다. '학교'를 만들어서 이 '말'을 보급하고 잘 배운 사람들을 데려가는 방식으로 말입니다. 여기서 확실히 해두어야 할 게 있습니다. '말'은 누가 만들었다고 했습니까? 사람이 만들었다고 했습니다. 언제 만들어집니까? 새로운 것이 나타났을 때 만들어집니다. 어디서 새로운 것이 만들어집니까? 일터에서 만들어집니다. 그러면 일터에서 살면서 새로운 것을 만들고, 그것에 해당하는 '말'을 붙여주는 사람은 어떤 종류의 사람입니까? 이제 밝혀졌습니다. 앞서 말한 '과학의 말'이나 '예술의 말'이나 이 모든 것은 일하는 사람들의 것이요, 일하는 사람에 의한, 일하는 사람을 위한 것이었습니다. 그런데 오랫동안 이 말이 객지(일하지 않는 사람들의 세상)로 끌려가 남의집살이를 한 끝에 자본가들의 손아귀에 장악되었던 것입니다.

노동자 여러분! 어떤 것이든 간에 인간이 만들어놓은 것은 모두가 다 생산자의 손을 오랫동안 떠나 있으면 썩기 마련이며, 썩은 것은 사람에게 해롭기 마련입니다. 말도 역시 마찬가지입니다. 아직까지의 역사에서 다음 시대를 장악할 계급은 언제나 앞 시대의 장악자에게 유산을 받아왔습니다. 봉건 영주는 노예 소유주에게서 자본가는 봉건 영주에게서,

그렇다면 노동자는 자본가에게서? 아닙니다. 자본가는 절대 노동자에게는 아무것도 상속해주지 않습니다. 그것을 상속받으려면 학교를 다녀야 하는데 자본가들은 국민학교부터 대학교에 이르는 동안에 노동자들을 탈탈 떨어내버립니다. 딱 부려먹을 만큼만 가르쳐놓고 말입니다.

그래서 당신들은 이렇게 말합니다.

추억을 분탕질해버린 교사에 대해
우리는 나쁜 편견을 갖고 있다
새벽 신문배달길에서 늦은 우리를
허구한 날 빠따질해서가 아니다
밀린 등록금 때문에 창밖으로
헤어진 책가방 내동댕이쳐서가 아니다
노동자인 우리가 학교 증축 공사장 아시바에 매달릴 때
불량 학생의 전형적인 장래의 인물로
아이들에게 우리를 견본으로 지적해서가 아니다

__「가르치는 것이 싸우는 것이라면 싸우는 것도 가르치는 것이리라」 부분

역사는 돈 많은 자본가를 인간미 넘치는 노동자가 이기고 계급 없는 사회로 흘러간다는 것을 증명하였고 또 지금은

인류의 절반이 노동자가 주인인 사회에서 살고 있지만, 그러나 그 어느 나라의 예를 살펴보아도 자본가가 스스로 자기 재산을 양보하고 물러난 사례를 남긴 적은 없습니다. 그럼 스스로 돌려주지 않는데 어떻게 해야 합니까? 싸워서 찾아야 합니다. 지배계급이 맨 처음에, 노예에게서, 농노에게서, 노동자에게서, 식민지 민중에게서 총이나 칼로 모든 것을 빼앗아갔듯이, 이제는 당신들이 똑같은 방식으로 하나하나 되찾아와야 합니다. 어쩌면 그렇게 빼앗아오는 것 중 가장 나중에 올 것이 이 '말'일지도 모릅니다. 그래서 이런 표현이 가능해집니다, 문예 전사!

현재 우리나라에는 박노해, 박영근, 김해화 등 손가락으로 꼽을 만한 숫자의 문예 전사들의 시집이 있으며, 이중 가장 오랫동안 그리고 크게 사랑을 받은 것은 박노해의 『노동의 새벽』이었습니다. 그리고 그 외 사회 전반에 떠올라 있진 않으나, 노동자의 방식(출판사에서 소외된 방식?)으로 읽히고 있는 시들이 꽤 여럿 있습니다. 그중에서도 특히 출판계 바람을 덜 타고, 현장 바람을 많이 탄 무척 탁월한 문예 전사 하나가 울산에 있었는데 그가 바로 '백무산'입니다.

저는 지금 시인이라는 말에 노동계급이 갖는 역사적 의미를 새겨 넣기 위하여 문예 전사라는 말을 사용했습니다. 이 문예 전사가 한국문학에 등장하기 시작한 때는 1980년 이

후부터입니다. 문예 전사들의 문학을 진보적인 평론가들은 노동문학이라 하여 무척 소중하게 평가했는데 그것을 그만, 쓴 사람이 신분상으로만 노동자면 무조건 다 그렇게 부르는 것으로 착각하는 사람들이 있어, 여기서 간략히 밝히고 지나가고자 합니다. 앞에서 간추렸던 문예 역사의 맥락에 따라 노동문학은 다음과 같은 의미를 갖는다고 볼 수 있습니다.

첫째, 사상 최초로 전형적으로 양식화된 계급문예입니다. 앞에서 '예술적인 말'까지만 언급하고 말아 '전형적으로 양식화된'이라는 말이 어떤 뜻인지를 잠시 밝혀야만 할 것 같습니다. '예술적인 말'은 우리의 삶 속에 전혀 가공되지 않은 상태로 살고 있습니다. 대화로 독백으로 농담짓거리로, 그것이 조금 발전된 형태가 '이야기'입니다. '어떠한 사람이 살았더란다'로 시작해서 '끝내는 이렇게 됐더란다'로 끝나는 이렇게 시작과 끝이 있는 '말'을 '양식화되었다'라고 합니다. 양식화된 것 중 가장 크게 유익한 것(전형적인 것)은 '문자'로 씌어진 것입니다. 노동자 계급이 이런 문예 양식을 갖는다는 것은 참으로 획기적인 '말' 역사의 대사변입니다. 왜냐하면 자본가 세상에 이르기까지의 모든 계급은 생산 대중이 아니었기 때문에 노동에서 면제받은 대가로 이 양식들을 선대에게서 배워 발전시킬 수 있었습니다. 이를테면 자본가는 역사 전면에 부상할 때 이미 문예를 배워와서 '문예부흥'을 일으켜 자기들의 문화를 확보했던 것입니다. 그러나 노동자는 다릅니다. 노동자들이 앞 시대로부터 선사받은 '양식'은 아무것도 없습니다. 노동자들은 오직 시간 노예(임금노동자)가 되기 위해 배운 최소한의 실력만으로 일기·수기·편지·생활문으로부터 출발해야 하는 것입니다. 이것이 민중문학론자들이 '장르 확산' 논의를 전개하면서 생활글을 그토록 강조한 원인인 것입니다. 그래서 이것 하나만으로도 노동문학은 일단 각별한 것이 됩니다.

둘째, 다음 시대 문예의 어머니로서의 의미를 갖습니다. 역사의 순리로서 노동자 세상, 일하는 사람의 세상이 돌아오면, 문예도 일하는 사람들의 것이 됩니다. 역사 속에서 어떤 방식으로 자기 존재를 유지하는 계급인가에 따라 문예 양식은 많은 차이를 보여왔습니다. 같은 시라도 귀족들은 달콤하고 황홀한 '연가'풍의 낭만주의 시를 쓰고, 자본가들은 마취 상태에 있는 듯이 애매하거나 계산속이 복잡한 그들의 두뇌를 베껴내기나 하려는 듯이 현란한 '모더니즘'풍의 시를 즐겨 쓰며, 노동자들은 자신의 방식대로 그야말로 쉽고 명쾌하며 전달하고자 하는 바가 확실한 '리얼리즘' 시를 씁니다. 여기 충격적인 감동을 주는 백무산의 시를 한 구절 인용해보겠습니다.

피가 도는 밥을 먹으리라
펄펄 살아 튀는 밥을 먹으리라
먹은 대로 깨끗이 목숨 위해 쓰이고
먹은 대로 깨끗이 힘이 되는 밥

(중략)

살아 있는 밥을 먹으리라
목숨이 분명하면 밥도 분명하리라
밥이 분명하면 목숨도 분명하리라
피가 도는 밥을 먹으리라
살아 있는 노동의 밥을

__「노동의 밥」 부분

노동자의 삶이 아무리 힘들고 고달프더라도 기꺼이 전진하는 노동자로서, 역사의 주체로서, 자신의 생로병사가 버릴 것 하나 없이 고스란히 역사 발전에 쓰이는 그런 영생불멸의 삶을 살겠다는 뜻의 시인 것입니다. 여러분! 이렇게 비장하면서도 자신만만한 낙관주의가 관통하는 시를, 다른 계급의 것에서 도대체 단 한 구절이라도 읽어본 적이 있더란 말입니까? 이것은 오직 노동계급이거나 노동계급의 전위에

서고자 몸 바친 사람들에게서만 가능한 표현일 뿐인 것입니다. 이런 이유 때문에 노동문학은 여타의 문예를 예술 자체만으로도 압승해버리고, 또 그 대가로 건달 계급들의 무장을 해체해버리기 때문에 다음 시대 사람들은 주저 없이 이 문예를 배워 발전시켜갑니다.

셋째, 우리 시대의 고통을 해결하는 데 선봉에 선다는 의미를 갖습니다. 우리 고통의 뿌리는 신식민지, 자본주의라는 자갈밭에 뻗어 있습니다. 그래서 '민족 해방'이라는 과제를 놓고 가장 적극적이고 발전 지향적인 형태로 싸우는 자는 노동자, 바로 당신들입니다. 농민들은 더 이상 피해를 받을 수 없다고 싸웁니다. 도시 빈민들은 우리에게 살길을 달라고 싸우고, 지식인들은 민주적인 방식으로 살자고 싸웁니다. 그러나 노동자들은, 이제 더 이상 너희들을 공짜로 먹여 살릴 수 없다, 더 이상 못 끌어갈 역사는 이제 우리 손에 맡겨라, 하고 싸웁니다. 물론 이 모든 것의 주범이 미국인 것은 같지만 말입니다. 우리 사회가 변화되어야 할 방향과 완전히 합치되어 있는 삶의 내용, 뜻, 말이 노동자에게 있는 이상 문예 투쟁의 중심도 이곳을 떠날 수가 없습니다.

넷째, 창작자와 수용자가 통일된 문예라는 의미를 갖습니다. 아마 이 말처럼 실감 안 나면서도 중요한 말은 없을 것입니다. 어느 시대를 막론하고 일하는 사람이 없는 사회는 없습니다. 반드시 '일'을 해야 새로운 것이 만들어지고 또 그래야 세상이 좋아집니다. 예컨대, 일하는 현장은 역사가 만들어지고, 발전해가는 현장인 것입니다. 그래서 많은 사람에게 감동을 주고 유익하게 하는 명작은 한결같이 '일'에 대한 이야기로부터 출발하기 마련인데 아직까지의 문예는 일하는 사람이 직접 쓴 문예라기보다는, 일하는 사람에게 관심을 가진 사람이 일하는 현장을 둘러보고 쓴 것이 거의 다였습니다. 좀 다른 문제이기는 합니다만, 한수산이 『부초』라는 소설을 쓰기 위해 곡마단을 2년이나 따라다녔다는 이야기나, 이문구가 『장한몽』을 쓰기 위해 몇 년이나 묘지기들과 같이 살고, 황석영이 『객지』를 쓰기 위해 직접 '노가다' 생활을 했다는 이야기는 익히 알려진 이야기입니다. 또 글이라는 것은 작가들에게 읽히기 위한 것일 뿐만 아니라 독자들에게 읽히기 위한 것임도 분명합니다. 한국 최고의 베스트셀러였다는 이해인 수녀의 시집이, 허풍 많은 광고 문구를 그대로 믿는다고 해도 판매량이 고작 몇 십만 부에 불과한데 노동자 인구는 얼마입니까? 자그마치 2,000만입니다. 노동자를 대상으로 하지 않은 '대중'이라는 말은 전적으로 잘못 쓰인 것입니다. 그래서 그들은 '노동자를 위한' 것이 전혀 아닌 것까지도 노동자를 향해서 추파를 던집니다. 쉽게, 간지럽게 달콤하게…… 갖은 아양을 늘어놓지만 어디 노동자가 철부지 애입니까? 유치원 시절부터 피아노에 재능을 보여 한평생 그것에만 파묻혀 살게 된, 인간으로서의 모든 것을 오직 그것만을 위해 희생시켜온 연주자의 예술이 자기 시대 노동자를 위해 아무것도 못 해내고 밥만 축내는 것과 같은 불행이 이런 식으로 생깁니다. 사람 냄새가 안 나는데, 일함으로써 흘리는 땀 냄새와 인정·의리·동료애의 맛이 흔적조차도 찾을 길이 없는데, 대중이 듣고 열광을 해주길 바라다니……. 써야 할 내용도 일하는 사람의 것이요, 읽어야 할 사람도 일하는 사람일진대, 유독 쓰는 사람만은 거기에 대해서 아는 바가 거의 없다시피 한다면 더 할 말이 없는 것입니다. 쓰는 사람도 읽는 사람도 노동자여야 함이 당연한데 그렇지 못한 것이 그간의 사정이었습니다. 이것을 좀 어려운 말로 '문예에 대한 노동의 소외', '노동에 대한 문예의 소외'라고 일컫는데 백무산은 그토록 오랫동안 해결치 못했던 이 두 가지의 그릇됨을 직접 해결해가기 시작한 극소수의 시인에 해당되는 사람인 것입니다.

노동자 여러분! 이렇게 하나하나 짚어가면서 하고 싶은, 제가 알고 있는 노동문학의 의미에 관한 이야기는 정말 셀 수도 없이 많습니다. 그러나 여기서는 이 정도로만 하고 지나가겠습니다. 대신 이렇게 역사적인 맥락을 타고 형성된 노동문학의 새로운 참가자, 백무산의 시가 앉게 될 의자를 조금만 더 밝혀보고 다음 장으로 넘어가겠습니다.

박노해가 80년대가 마련한 한국 노동문학의 진정한 출발점이 되는 상징탑 앞에 서 있는 노동자라면, 또 박영근이 민중문화운동의 대열 속에 선 노동자 출신의 문예운동가라면 그리고 김해화가 공사판을 떠돌아 다녀야 하는 인부들의 노래를 대신 하는 노동자라면, 여기 백무산은 작년 7, 8월 투쟁을 통해 비로소 우리 앞에 실체를 드러낸, 고대하고 고대하던 대규모 단지 산업노동자의 해방노래꾼이라고 볼 수 있을 것입니다. 그래서 그의 시에서는 평생을 공단 지역에서 살려는 노동자다운 정서, 비장미라거나 뜨거운 동지애, 가없는 대양의 갯바람 맛 같은 체취, 물러서지 않는 대결 의식 등이 배어 있지 않았겠는가 하는 생각이 듭니다. 아무튼, 한국 사회에서도 각기 시대마다 노동자상(像)의 전형이 달랐는데 오늘의 시점에서 보았을 때 백무산은 무척 의미 있는 자리에 서 있다고 저는 느끼고 있는 것입니다.

2. 사람 백무산에 대한 이야기

저는 인간 백무산에 대해, 느낀 것은 많으나 아는 것은 퍽 적은 사람입니다. 그래서 제가 할 수 있는 것은 평가가 아닌, '백무산'을 여행하고서 쓰는, 기행문쯤 되겠습니다.

저는 출판사에 근무할 적에 편집쟁이 특유의 사무적인 관계로서 처음 백무산의 이름을 외웠습니다. 『민중시 2』라는 책을 내고 스무 명의 시인에게 원고료를 나눠줄 때인데, 희한하게도 원고료를 전달할 길이 없는 시인이 몇 있었습니다. 말은 이렇게 하지만, 저도 나름대로는 우여곡절이 있는 인생행로를 따라 그때 막, '미꾸라지'가 '용'들 틈에 끼듯 출판사 밥을 먹게 된 참이었습니다. 몹시 낯설고, 예리하기 짝이 없는 지식인들 틈새에 끼여 살면서 하는 일마다 왜 그리 불안하고 자신이 없던지……. 평소 주눅이 많이 들어 살던 저는 순진하게도 원고료를 나눠주러 다니기 시작했습니다. 지방에 있는 분의 주소를 알아내 부쳐준달지, 직장에까지 직접 찾아가 전해준달지 하여 대충 처리를 했는데, 딱 한 사람, 제 능력으로는 연락처를 확인할 길이 없는 사람이 있었습니다. 울산의 노동자라는 사실 외에는, 원고가 실리게 된 경로도 주소도 전화번호도 알 길이 없었습니다. 발표된 시로 보아서는, 문예에 관한 한 전문인의 경지에 올라도 한참은 올랐을 것으로 보이는 시인이 원고료를 받는다는 자본주의사회 제1의 생존 법칙도 모를 리는 없을 테고, 혹 '원주 김지하', '광주 문병란' 하면 편지가 저 혼자 찾아 들어가듯이 '울산 백 아무개'쯤 되는 그런 사람은 아닐까 하고도 생각해

봐야 했습니다. 그러나 천만에, 그분을 시인이라 불러주고, 또 저를 시인으로 만든 이영진 선배께 찾아가 여쭈었더니, 예상이 어긋나도 이만저만이 아니었습니다. 그때 아마 이런 식으로 말했던 것 같습니다.

"그 양반, 시 쓰면 원고료 타는 것인지나 알려나?"

"뭘요, 보통으로 쓰는 시는 아니든디요?"

제 말에 이영진 선배는 배꼽을 쥐고 웃으면서 투고된 원고 이야기를 해주는 것이었습니다. 요지인즉,『민중시』를 창간하고자 여기저기 수소문해 신인 작품들을 모았는데, 그중 도무지 문교부 혜택을 받지 못한 성싶은, 필체 엉망·맞춤법 무시의 시가 있어 폐기 처분하기 전에 읽어나보자고 읽다가 그만 눈앞이 캄캄해지는 충격에 얼마 동안을 얼이 빠져야 했다는 것입니다.

바로 이런 시였습니다. 소개해보겠습니다.

잠시 손을 놓으면 들린다
시멘트 바닥 아래 철썩이는 파도 소리
오색 깃발 매달고
파도의 몸짓으로 덩실대던 어부들
만선의 고깃배 들어오는 소리 꽹과리 소리
귀를 찢는 쇳덩이 떨어지는 소리

개새끼 비키란 말야 뭘 꾸물대고 있어!

아름답던 미포만 해풍에 끼룩대던 갈매기
엉덩이 까놓고 은빛 모래사장 뒹굴던 아이들
햇살에 소금편 반짝이며
치마폭 눈물 감추고 큰애기들 떠났을까
파도 소리 여전히 쟁쟁쟁 울릴까
호루라기 소리 어디로 가는 거야
씹새끼 죽고 싶어 떨어져 죽고 싶어!

어디로 가는 것인가
살자고 하는 짓인데
아름답던 작은 어촌 쇠말뚝을 박고
우리가 쌓은 것이 되레 우리를 짓이기고
가야 할 곳마다 철책을 둘러치고
비켜 비키란 말야!
죽는 꼴들 첨 봐! 일들 하러 가지 못해!

앰뷸런스 달려가고
뒤따라 걸레 조각에 감은
펄쩍펄쩍 뛰는 팔 한 짝 주워 들고

사이렌 소리 따라 뛰어가고 그래도
아직도 파도는 시멘트 바닥 아래서 숨죽여 울고

—「지옥선 2」 전문

기가 막힌 시입니다. '말의 법칙'(전문용어로 형상사유의 법칙이라 함)에 위배되는 바 없이 완벽하게 형상화된 시. 아무런 설명도 주장도 구호도 없습니다. 그런 것은 다, 싱싱한 생활의 말 속에 녹아들어 모습이나 느낌으로만 표현될 뿐입니다. 죽은 글자가 없는 만큼 억지가 들어설 틈바구니도 없습니다. 그냥 누가 봐도 당연한 노동자들 인생의 한 장면만을 그려뒀을 뿐인데 그 장면이 한 시대의 가장 핵심적인 진실을 전달해냅니다. 마치 삶의 진실이 그러하듯, 묵묵히 일하면서 역사를 끌어가는 노동자의 생산 현장이 그러하듯이 말입니다.

저는 이런 시를 쓴 시인의 원고료를 전달할 길이 없다는 이유로 그냥 써버렸습니다. 그러고는, 출판가에서 처음 본 이 천하의 시인에 대하여 순수성을 선전하고 다니기 시작했던 것입니다(여러분, 이것이 바로 위대한 노동문예의 시대가 동트는 광경입니다). 제가 마침내 그런 창피한 전과를 변명하고자 몸을 비비꼬게 될 기회를 맞은 것은 그로부터 1년여의 세월이 흐른 뒤였습니다. 전기 계통의 일을 하면서 동대문에 물건을 떼러 왔다가 시인이 잠깐 찾아준 것입니다. 허름한 작업복에 잘생긴 얼굴, 몹시 차분하고 나직한 경상도 사투리를 사용하는 이 백무산 시인을 만난 감동은 참 어지간히도 컸습니다. 부질없는 명예욕이라거나 알량한 권위 의식 따위가 들어설 자리가 없는 대신, 조금이라도 노동자를 위하고자 하는 사람이 있다면 어김없이 감사해하는 눈초리를 보내주는 것이 퍽 인상 깊었습니다. 노동계급적인 품성이 엿보인다고나 할까? 이것이 지금으로부터 3년여 전의 일이었습니다.

그때 저를 솔직하게 봐준 탓인지 잊을 만하면 한 번씩 소식을 주었습니다. 그에 대해 저는 제 기질대로 시 창작이 중단되지 않도록 마구 건의 사항을 늘어놓았고요. 물론 하는 일이나 사생활 같은 것을 알 길이 전혀 없는 상태였기 때문에, 제가 크게 성의 있는 태도를 보였으리라곤 제 자신도 믿지 않습니다. 제가 나름대로의 성의를 갖고 울산을 찾은 것은 올 6월 초, 그것도 어마어마한 죄(?)를 저질렀다는 자책감 때문이었습니다. 제가 욕을 안 먹기 위해서는 그냥 꼬불쳐버리고 싶은 이야기지만 시인을 위해서는 이것도 밝혀야 할 것 같습니다.

86년 겨울인가에 제가 처음으로 시집을 내자는 제안을 했고, 원고가 완성되어 도착한 것은 87년 상반기였습니다.

눈이 뒤집힐 듯이 좋은 원고를 가지고 다니며 제가 몇 군데 자랑을 했더니 욕심내는 출판사가 생겼습니다. 무능한 편집자로서, 무엇보다도 노동문학의 표본을 기다리는 예비 노동문학가들에게 이 모범적인 시들을 보급시켜낼 능력이 모자란 지식인으로서, 저는 일단 장사꾼의 계산을 개입시켜선 안 된다고 마음먹었습니다. 그래서 시인에게 물었더니, 출판 관계에 대해선 전혀 아는 바가 없다, 유명해지고 싶은 욕심도, 출판사에 대한 '바람'도 일체 없다, 도리에 어긋나지만 말고 알아서 해라, 이렇게 답이 왔습니다. 마침내 출판사를 결정짓고 원고를 넘겼습니다. 그런데 그만, 그 출판사에 일이 생겨 등록이 취소되고, 대표가 잡혀가고, 책들이 압수되고 하는 통에 이 귀중한 원고가 어디에 있는지조차 확인할 길이 없어졌습니다. 난감한 지경에 놓여 있는데 정작 당사자는 그러한 사실 자체를 알기나 한지 어쩐지, 독촉은커녕 한 번도 물어보는 경우조차 없었습니다(성격이 꼭 이렇습니다. 절대로 부담을 안 주려 하거든요). 그러다가 작년 7, 8월 투쟁이 지나고 우연히 자료집을 보면서 시인이 쓴 「전진하는 노동 전사」를 읽게 되었습니다. 한마디로 충격이었습니다. 충격! 부분적으로만 의미 있는 지식인들의 글은 신주 모시듯이 했으면서, 전격적으로 중요한 원고는 분실되게 하다니, 그것도 전혀 알려져 있지 않은 글을 세상에……. 제가 이런 부담으로부터 자유로워질 수 있게 된 때는 그로부터 한참이 지난 대통령 선거 때였습니다. 시인은, 서로 다른 후보를 추켜세우는 와중에도 저를 참으로 따뜻이 양해·용서·격려해 주면서 다시 보내주겠노라고 약속을 했습니다. 나중에 분실 원고를 되찾기는 했지만, 원본도 없이 분실했다가 애써 되생각해내어 쓴 것이 바로 이 책입니다. 7, 8월을 겪고 나서 다시 쓴 것이라 내용은 훨씬 좋아졌으나, 부분적으로 긴장의 고삐가 풀린 듯한 느낌이 남는 것은 그래서 순전히 제 잘못이라고 볼 수 있습니다.

저는 이 시집을, 제가 직접 편집해서 88년 임금투쟁 때 내려고 했습니다. 그러나 무슨 못된 '행티'인지, 저는 또 1월에 출판사를 그만두고 아무런 책임도 지지 않은 채 6개월을 흘려보내고 말았습니다. 이것이 제가 울산까지 찾아간 뭔가 변명을 하도록 한 사연입니다. 그때 울산에서 하룻밤 묵으면서 시인의 개인사에 대한 궁금증이 풀릴 듯 말 듯한 이야기를 들었을 뿐입니다.

여러분! 이렇게 제 위주로 사람 소개를 하는 것이 당신들에게나 시인에게나 다 같이 실례가 되는 것인 줄 알면서도 주책없이 굴게 된 사정이 제게도 있긴 있습니다. 제가 해설을 쓰기 위해 자기소개서를 부탁했더니 시인 왈, "읽는 사람의 이해를 돕기 위한 것이 아니라, 끼리끼리 해먹는 듯한 인상을 주는 '해설'을 읽은 적이 많다"면서, 되레 제게 개인적인 이야기를 하지 말아달라고 부탁하는 것이 아니겠습니까? 이렇게 참 분위기 없는 시인이 백무산입니다. 하여튼 그는 제가 본 사람 중 "끼리끼리 해먹는, 광고하는 식의 칭찬"을 제일로 싫어하는 사람임이 분명합니다. "1955년 경북 영천생, 1984년 『민중시 1』로 작품 활동 시작, 1973년부터 조선·전기·금속 노동자로 일함", 이것이 제게 알려준 자기소개의 전부입니다. 그러나 저는 한 사람의 문예 행로를 밝혀, 다른 노동자들이 참고할 수 있게 하고 싶은 마음이 무척 앞서 있었습니다. 일단 이리된 사정을 감안하고 다음의 간략한 소개서를 읽어주시기 바랍니다.

백무산은 공고를 졸업하고 군대까지도 산업체 근무로 때우면서 일해온, 한국 전형의 노동자입니다. 주변 사람의 말에 의하면, 주로 대규모 단위 사업체에서 여러 가지 기술을 바꾸어가며 일했는데, 얼굴이 미남이고 차분한 탓에 어느 현장에서나 인기가 퍽 높았다고 합니다. 책 읽기를 좋아하고, 과학에 관심이 높으며, 발명 특허도 몇 개 낸 바 있다는 말로 미루어볼 적에 노동자연구가쯤 되는 좀 특이한 사람이었나 봅니다. 많이 읽은 책은 고전, 그중에서도 특히 동양사상과 니체 등이 쓴 철학·문학 쪽을 많이 보았다는 실토를 직접 한 적이 있습니다. 도저히 노동자 생활을 통해서는 불

가능할 것같이 보이는, 세상 만물에 대한 해박한 지식이 시를 무척 심오한 것으로까지 만드는데도, 본인은 좀처럼 자신의 재능을 믿으려 하지 않고 오히려 그림 솜씨를 내세웁니다. 다만 남의 글에 쉽게 감동을 받지 않는 편인데, 처음 시를 쓰게 된 계기도 마음에 드는 시가 없어서 끄적거려본 것을 주변 사람들이 부추긴 데서부터였다고 합니다. 그의 예술을 보는 안목이 퍽 높고 자신감이 있으리라는 구석이 엿보이는 대목입니다. 시집 후기에 있다시피, 글은 특별히 시간을 내지 않고, 아무 데나 서서 씁니다. 제가 느끼기에, 본인이 자신의 창작 방법으로 여기고 있는 유일한 것은, "노동자의 방식으로 생각하고, 노동자의 방식으로 쓴다"(제게 했던 편지의 한 구절입니다)는 것뿐인 것 같습니다.

노동자 여러분! 저는 당신들 속에 이런 유형의 사람이 있으리라는 생각을 좀처럼 해본 적이 없었습니다. 적어도 백무산 시인을 알기 전까지는 말입니다. 노동자들의 삶 속에 이렇게 사회주의적 삶의 질서, 사회주의적 인간형이라 할 무엇이 싹트고 있다는 사실이 지금도 좀처럼 안 믿깁니다.

이제 드디어 작품 이야기에 들어가겠습니다.

3. 시집의 내용에 대하여

『만국의 노동자여』라는 우람한 제목을 가진 이 시집은 69편의 서정시 모음집입니다. 출판사에서는 시집을 낼 때 흔히 전혀 별개인 시들을 한 부로 묶어 시집 한 권을 여러 조각으로 나누어놓는데, 그것은 별다른 의미가 있어서가 아니라 읽는 사람의 편의를 위하여 하는 것입니다. 아주 오랜 세월에 걸쳐 쓰인 시들일 경우에는 몇 살 때 쓴 것인지, 그리고 어떻게 발전해갔는지를 알게 하기 위해 발표 연도를 기준으로 해서 나누고, 시의 수준이 거의 편차가 없는 시집인 경우에는 주제별로, 사랑에 관한 것·투쟁에 관한 것·개인사에 관한 것 등으로 나누며, 하나하나의 작품이 감동의 여파를 크게 남긴다고 여겨질 경우에는 읽는 사람에게 시인의 모습을 확연하게 보여주기 위하여, 이 시를 읽고 나면 이번엔 이런 시를 읽는 게 좋겠다 하는 식으로 작품 배열을 하기도 합니다. 이 시집은 특별한 원칙을 가지고 배열된 것은 아니나, 「노동의 밥」에 이어지는 작품으로 「장작불」, 또 거기에 이어지는 「노동의 추억」, 하는 식으로 생활의 흐름을 따라 제1부 '노동의 밥' 20편, 제2부 '해방 공단 가는 길' 18편, 제3부 '어머니 말씀' 22편, 제4부 '온산 공해 단지에서' 9편으로 나누어져 있습니다. 이 시집의 편집자는 주로 시인의 치

열한 노동계급 의식이 빚어낸 긴장이라거나 노동계급적 미학이 돋보이는 작품을 1부에, 아직까지 우리 문예에 공백으로 남아 있던 대규모 산업노동자들의 투쟁에 관한 이야기를 2부에, 시인의 예술적 기량이 돋보이는 서정적인 시들을 3부에, 공해 문제를 비롯한 기타 사회문제에 대한 관심을 4부에 배열해 각 부가 나름대로 하나의 소시집이 될 수 있도록 해둔 것 같습니다.

이제 이 시집의 내용을 파악해보겠습니다.

우선 시집의 제목이 『만국의 노동자여』가 된 이유는 그런 제목을 가진 좋은 표제작이 있는 탓도 있겠으나 제가 생각할 때는 이 시집에 실린 69편의 시가 전부 노동계급 의식이라는 확실한 당파성을 가지고 있다는 특징 때문인 것 같습니다. 백무산 시인은 투쟁의 극점을 이야기하는 것(「전진하는 노동 전사」)에서부터 시작하여, 자잘한 연장(「무기와 공구」), 사랑과 연애(「봄」), 추억(「노동의 추억」), 의병(「진양조」), 공해 문제(「너꺼무떠거랄」)에 이르기까지 실로 폭넓은 시야를 가지고 '아무것이나'를 이야기하는데, 그 '아무것이나'가 다 같이 노동계급 의식을 높이는 역할을 합니다. 그래서 그의 시를 읽는 사람은 모든 장면 하나하나에서 계급투쟁의 정서를 읽게 됩니다. 노동계급의 패배를 자기의 패배로, 자기의 승리를 노동계급의 승리로 믿고 있는 것이 이 시인의 세계관이요,

그 세계관은 시의 아주 섬세한 부분까지를 다 지배하고 있는 까닭입니다. 백무산은 이것을 '밥'을 통해 명확히 밝혔습니다. '밥'의 의미를 이해하지 못하면 왜 시집의 제목이 『만국의 노동자여』인지, 시편마다 녹아 있는 갈등의 출발점이 어딘지를 알 수 없습니다. 본인은 이렇게 진술했습니다.

계절이 기울던 날
가로수를 뿌리째 뽑아버리는 태풍에
방파제를 깨어 부수고 물보라 치는
파도에 몸 맡겨 살을 모조리 뜯긴
내 몸에 흰 뼈대가 드러날 때
그 뼈를 통하여 보았다
숨 쉬는 자들 가운데
죽은 자와 산 자를 보았다

한 시대가 기울던 날
한숨과 굴욕과 눈물이
깃발과 투쟁과 피 흘림으로
거대한 꿈의 파도가 되었을 때
선명하게 뼈대가 갈라서고
밥 가운데 죽은 밥과 산 밥을 보았다

세월에 녹이 슬었거나
비켜 앉은 자리에 개잡것들이 쌓여
흰 뼈대를 보지 못하면
폭풍에 뿌리째 다시 드러내지 않으면
피 흘려 험한 길에 나서지 않으면
나의 목숨도 남의 목숨도
죽은 목숨도 산 목숨도 분간치 못하리라

__「목숨」 전문

계절이 기울고, 또 역사가 기울고, 태풍이 가로수를 뽑고 하는 정황들을 보아, 아마 작년 6월 투쟁이 끝난 직후의 모습이 아닌가 합니다. 그렇다면 이런 내용이 됩니다. 민중의 거센 항거에 의해 4·13을 통해 화려하게 등장해보고 싶었던 노태우가 6월 29일 마침내 항복 선언을 하게 됩니다. 소시민 계급을 중심으로 한 대부분의 부대들이 투쟁의 깃발을 내리고, 거리는 순식간에 화해 분위기에 빠져 전진을 멈추려 합니다. 이때 반동의 역사가 기울어지는 대사건이 터집니다. 그토록 침묵해왔던 노동계급의 실체, 한반도 남쪽 자그마한 소도시에 총집결해 있는 '권용묵 장군(?)'을 중심으로 한 산업노동자라는 대부대가 발끈 일어서 한국 현대사를 흔들어버린 것입니다. '한숨·굴욕·눈물'이 '깃발·투쟁·피 흘림'으로 바뀌면서 '거대한 꿈의 파도'가 넘쳐 전국이 온통 들썩거립니다. 포클레인, 지게차가 동원되고, 시가지 곳곳이 노동 전사에 의해 지켜집니다. 마치, 노동계급이 반동쿠데타를 막기 위해 계엄령을 선포해놓은 듯 말입니다. 그런데, 그런데 이상합니다. 같이 싸워야 할 다른 부대 사람들이 일체 움직이질 않는 것입니다. 그들이 얌전해준 시간에 '전경련' 회의가 열리고, 연일 신문 방송이 총동원되어 반격을 가해오는데, 그 방면 부대들이 조금도 싸우려 하지 않습니다. 아니 오히려, 잘못된 싸움인 것 같다, 너무 많이 나갔다고 혀나 차며 걱정부터 하려 듭니다. 거리는 점점 반동군에 의해 다시 점령되기 시작하고 울산의 노동자 부대는 서서히 퇴각을 합니다. 바로 그때 슬픈 가슴을 안고 퇴각하면서, 시인은 "숨 쉬는 자들 가운데/죽은 자와 산 자를 보았다", "밥 가운데 죽은 밥과 산 밥을 보았다"라고 증언하는 것입니다. 우리는 서로에게 무엇이었느냐, 결국 당신들은 당신들의 밥을, 우리는 우리의 밥을 먹기 위해 싸웠다. 이제 이것만 남은 것이다. 당신들은 죽은 밥을 먹고도 살 수 있는 사람들이라 먹다 던져준 밥 썩은 밥을 먹고 싸움을 끝냈고, 우리는 호랑이처럼 썩은 고기는 못 먹는 자들이기에 죽은 밥이 아닌 산 밥을 받기 전에는 물러날 수 없었다는 것, 그래서 그런 억한 심정으로 "피 흘려 험한 길에 나서지 않으면/나의 목숨도 남의 목숨도/죽은 목숨도 산 목숨도 분간치 못하리라"라고 경고하게 되었던 것입니다. 여기서 등장한 이 '밥' 이야기는 나중에 「노동의 밥」이라는 시를 통해 확고한 자기 신념으로 정립됩니다.

피가 도는 밥을 먹으리라

(중략)

목숨보다 앞선 밥은 먹지 않으리
펄펄 살아 오지 않는 밥도 먹지 않으리
생명이 없는 밥은 개나 주어라
밥을 분명히 보지 못하면
목숨도 분명히 보지 못한다

(중략)

살아 있는 노동의 밥을

—「노동의 밥」 부분

노동자 여러분! 음식·쌀·먹을거리·빵이 아니고, 밥입니다,

'밥'. 경제적 소유의 개념이 묻어 있는, 일과 삶의 모든 냄새가 배어 있는, '살아 있는 노동의 밥'인 것입니다. 이것이 바로 당신들이 원하는 표현이요, 당신들이 사용해야 할 '말'이기에 백무산은『만국의 노동자여』라고 부르게 된 것입니다.

무슨 밥을 먹는가가 문제다
우리는 밥에 따라 나누어졌다

(중략)

피땀 어린 고귀한 생산자의 밥이냐
착취와 폭력 수탈자의 밥이냐

그대들은 무슨 밥을 먹는가

_「만국의 노동자여」 부분

'밥'이라는 표현으로 대변되는 노동계급 의식은, 그래서 시인이 마주치는 모든 사물에 대한 태도를 결정짓습니다. 모택동이 말한, 예건대 찬미할 것인가 폭로할 것인가의 문제도 그는 이 '밥'에 따라 결정합니다. 동료에 대해서는 뜨거운 사랑과 해학의 언어를, 적대 계급에 대해서는 불타는 적

개심과 풍자의 언어를……. 「지옥선 9」, 「취업 정보지를 보며」, 「戰死」, 「기차를 기다리며」 등은 그가 폭로를 목표로 통렬한 풍자를 퍼부은 시들입니다.

꼭 맞는 말이지 산업 전사
영광되게 싸우다 죽으라 말이지
자본가를 위해 권력자를 위해
양코뱅이를 위해 죽으라 말이지
저들의 빌딩과 호화 주택과 사치와 탐욕과
팬텀기와 미사일과 항공모함을 위해
가난을 지키며 평생 질병과 싸우다
죽도록 일하다 죽으라 그 말이지

__「戰死」 부분

살아 움직이는 적의 실체를 명확하게 겨냥한 폭로, 이것이 「기차를 기다리며」 같은 시에 이르면, 저 같은 사람은 더 이상 무어라 해설을 붙일 말이 없어져버리고 맙니다.

새마을호는 작은 도시 역을 비웃으며
통일호를 앞질러 달린다
무궁화호는 시골 역을 비웃으며

비둘기호를 앞질러 달린다

통일쯤이야 연착을 하든지 말든지
평화쯤이야 오든지 말든지

_「기차를 기다리며」 부분

가히 풍자미의 극치가 아닌가 합니다.

여러분, 이렇게 계급의식이 투철한 백무산의 시를 읽음에 있어 주의해야 할 게 하나 있습니다. 그것은 그의 시가 한국 정통의 서정시이면서, 서정시에 대한 노동계급적 변모를 꾀하고 있다는 사실입니다.

흔히, 현실로부터 달아나 자연만을 노래한 시가 서정시인 걸로 생각하는 사람이 많으나 그것은 잘못입니다. 서양에서 흘러든 경향들이 뒤섞어놓아 명확히 선을 긋기는 어려우나 현재 우리나라의 서정시는 두 가지 유형으로 나뉩니다. 하나는 양성우·김지하류의 '영가'식 서정시이고, 또 하나는 신경림류의 '이야기'식 서정시입니다. 원래 우리의 옛 시들에서 보이는 전통적인 것은 앞의 것인데 '리얼리즘'이 강조되면서부터는 뒤의 것이 더 많아졌습니다. 노동문학에서 보면 백무산의 시와 박노해의 시가 이런 식의 차이를 드러내고 있습니다. 앞의 것이 주로 배경이나 상황 묘사를 직접 하지 않고 느낌이나 감정 묘사를 통해 뜻을 전달하는 쪽으로 기울어 있다면, 뒤의 것은 되도록 이야기나 상황 묘사를 잘해 전달을 쉽게 하려는 쪽으로 기울어 있습니다. 또 앞의 것이 노래로 부르기 쉽고, 반복해서 읽히는 장점을 갖는다면, 뒤의 것은 전달이 쉬워 널리 읽힌다는 장점을 갖습니다. 그러나 이 두 가지는 그러한 특성 자체만으로는 진보도 아니며 보수도 아닙니다. 문제는 어떤 내용을 담느냐지요.

백무산의 시 중에서, 이런 양식상의 특성이 가장 잘 드러나는 시는, 앞에서 인용한 바 있는 데뷔작「지옥선 2」입니다. 내용에 의하면, 한 노동자가 높은 곳에 올라가 일하는데 오색 깃발을 매단 고깃배가 들어오고, 꽹과리 소리, 쇳덩이 떨어지는 소리, 현장감독의 악쓰는 소리, 호루라기 소리 등이 들립니다. "씹새끼 죽고 싶어 떨어져 죽고 싶어!//어디로 가는 것인가/살자고 하는 짓인데". 언젠가 그곳에서 떨어져 죽은 친구 생각이 나면서 노동자란 마치 죽음의 바다를 항해하는 '지옥선'에 실려 떠내려가는 듯한 느낌을 갖습니다. 친구가 떨어질 때 보았던 앰뷸런스, 걸레 조각에 감긴 듯한 팔 한 짝 그리고 무엇이 그리도 슬퍼서 우는지 끝도 없이 방파제 시멘트 바닥에 와서 부딪치는 파도 소리의 형상에, 자신의 추락하는 모습이 겹치는 듯싶은 한 장의 사진과 같은 시. 그 죽음의 무대 뒤에서 자본가는 어떻게 살이 찌는지(이와

관련된 시에서 보면 그 자본가는 또 미국 놈입니다), 그들과 노동자는 어떤 관계에 있고 이런 장면을 보여주면서 흘러가는 역사는 어디로 갈 것인지, 이 모든 것은 다 표면에 나서지 않고 말과 말의 대열 속에 숨어 있으면서 우리의 가슴에 칼날과 같은 의표를 던집니다. 부숴버려라, 당신을 싣고 가는 지옥선을 부숴버려라, 하고 말입니다.

이런 '영가'풍의 시가 가장 잘해내는 것은 '촌철살인(寸鐵殺人)'입니다. 백무산의 시도 이 촌철살인의 위력을 가지고 있습니다.

나사만큼 정확한 것은 없다
정확한 만큼 분명한 것도 없다
우선 나사 대가리를 꽉 물어야 한다
수십 년 잠겨 녹슬 대로 녹이 슨 나사일수록
잘못 돌렸다간 영영 풀지 못한다
좌로 돌려야 풀릴 놈을 우로 돌려
망치는 놈들도 있다

_「공구와 무기 3」부분

아주 하찮은 이야기를 꺼냈다가 그 속에 담긴 어마어마한 의미를 캐내어 승부수를 짚어버립니다. 그만큼 백무산은 살아 생동하는 말의 형상을 잘 다루고 있는 것입니다. 그래서 백무산의 시가 성공하게 되는 귀중한 본보기가 이제 드러나게 됩니다.

백무산의 시를 읽어보면, 굳이 그에 대한 설명을 않더라도, 단박 울산 지역의 노동자가 쓴 시임을 알 수 있습니다. 울산 지역의 공장이나 거리, 울산 지역 노동자들의 가슴팍이나 목구멍 언저리에 자주 뒹구는 '말'로 글이 쓰였기 때문입니다.

너꺼무떠거랄 떠나라 하네
빚쟁이처럼 몇 푼 돈에 차압을 하네
십수 년 털렸건만
빚더미 물려 발길질 하네

아이고야 고기도 떠나더니 미역도 떠나더니
아이고야 뼛골이 쑤시더니 온 마을이 뒤척이네
데이고야 땅이 죽어 황천 가나 바다 죽어 구천 가나
데이고야 경제 개발 언제 했나 우리들 피만 짰지
데이고야 선진 조국 했다더니 날품팔이 하라네
데이고야 복지국가 한다더니 판잣집 가라네

__「너꺼무떠거랄」 부분

비는 와 이래 오노
어디로 떠날꼬
사는 것이 고달프다

흩어질 것이냐 말 것이냐

답답어라 답답어라
철문을 부숴라!

__「비」 부분

속았능기라
……
처음부터 우리는 속았능기라
좋다더라 돈 잘 번다더라
우리나라에서 젤 큰 공장이라더라
아파트도 거저 주고 보너스 많다더라
당신과 맞선 볼 때 마을 사람들 한입으로 부추겼지

__「戰死」 부분

보상금 준다 깎자 안 준다 깎자
투전판 놀음 걸 듯하더니

이주 대책 있다 무소식 없다 무소식
개 얼러대듯 하더니
이주 계획 내년이다 내후년이다
내후후년이다 내후후후년이다
후후후후 헛웃음만 웃어도 뼛골 쑤시는 몸을

잡놈들이 찾아와서 엉덩이 까라 사진 찍자
배를 까라 사진 찍자 다리 까라 사진 찍자
자지 까라 사진 찍자

—「먹이사슬」 부분

이렇게 무엇이든 '살아 있는 말'로써 표현하고자 하는 그의 시는 어느 순간 조금 불안한 상태를 달리기 시작합니다. 그것은 그가 채택했던 종래의 서정시적인 양식이, 현실을 올바로 그리려는 성실한 노력에 의해 흔들려버리기 때문입니다. 그렇습니다. 그는 노동자의 체질에 맞는 계급적인 양식을 모색하고 있는 중인 것입니다.「처용가」,「중모리」등 종래 많은 양식들을 차용하는 형식으로 진행되던 그의 이 새로운 모색이 이제는 새로운 양식의 창조를 향해 치달아가고 있는데, 이것을 진보문예에서는 '민족적 형식'의 실현이라고 말합니다.

노동자 여러분! 백무산은 내용이나 형식 양면에서 문예

전사다운 싸움을 지금 벌이고 있습니다. 다만, 그의 세계관으로 보이는 정치적 입장에 연유된 것이겠지만, 그의 조국에 대한 관심이 애국주의에까지는 닿아 있지 못하다는 점, 그리고 새로운 양식의 창출로까지 진행되지 못한 채, 오히려 좀 산만한 감을 남기고 있는 '민족적 형식'의 실현에 대한 문제가 여전히 해결되지 않은 채 이 선물은 그냥 당신들에게로 돌아갑니다. 이런 글을 처음 써보는, 저의 능력상의 한계로 인해 당신들이 퍽 지루하게 되었던 점을 어떻게 사과드려야 할지 모르겠습니다. 대신 여기 백무산 시인의 선물 한 구절로 저를 용서해주신다면 고맙겠습니다.

언젠가 진정한 노동을 해야 할 때가 온다
불꽃 튀는 거대한 노동을 해야 할 때가 온다
지금은 어쩌면 아무것도 아니다
견디는 것이 아니라 이겨야 한다
악착같이 밥을 먹어야 한다
게으른 푸념은 그만두자
허약한 몸짓도 그만두자
우리에겐 게으른 영혼이 아니라
꿈을 꾸는 몸이 필요하다

__「해방 공단 가는 길 2」 부분

그렇습니다. 여러분, 부디, 이 가파른 세상에 살아남으십시오. 훌륭하게, 훌륭하게 말입니다.

초판 시인의 말

난생처음 기름때 묻은 종이에 쓴 내 시 한 편을 읽던 그 녀석은 의미 모를 웃음을 크게 웃더니, 얼마 후 공장 쇳가루 먼지 바닥에 엎어져 영영 떠나고 말았다. 아직도 내게 소중한 녀석의 그 웃음의 의미를 모른 채 누더기 같은 글들을 묶는다.

몇 편을 제외하고는 86년 이전의 것들이다. 그리고 서서 쓴 것들이다.

제대로 한번 쓰지도 못했으면서 "시는 내 것이 아니다. 버려야지 버려야지……" 이따위 고심만 한 듯하다.

옳은 시 한 편이 우리에게 닥친 싸움의 총체적 인식 수단으로써 작은 의미나마 지닌다면 한번 제대로 쓰고 싶다.

어머니 말씀처럼,

"얘야 시 같은 것은 쓰지 말거라."

백무산

한국대표시집 002
만국의 노동자여

2014년 7월 3일 1판 1쇄 찍음
2014년 7월 10일 1판 1쇄 펴냄

지은이 백무산
펴낸이 김남일
편집 이호석, 박성아, 이승한
디자인 김현주
관리·영업 김태일, 박윤혜

펴낸곳 (주)실천문학
등록 10-1221호(1995.10.26)
주소 서울특별시 마포구 월드컵로10길 48 501호(서교동, 동궁빌딩)
전화 322-2161~5
팩스 322-2166
홈페이지 www.silcheon.com

ISBN 978-89-392-3002-6 03810